BILLY MINK

水貂比利

[美]桑顿·W.伯吉斯 著 赵娟丽 译

中国画报出版社·北京

图书在版编目（CIP）数据

水貂比利 /（美）伯吉斯著；赵娟丽译. -- 北京：中国画报出版社, 2018.4
ISBN 978-7-5146-1584-5

Ⅰ. ①水… Ⅱ. ①伯… ②赵… Ⅲ. ①童话—美国—现代 Ⅳ. ①I712.88

中国版本图书馆CIP数据核字(2018)第020700号

水貂比利

[美] 桑顿·W.伯吉斯 著　　赵娟丽 译

出 版 人：于九涛
责任编辑：代莹莹
版式设计：詹方圆
责任印制：焦　洋

出版发行：中国画报出版社
地　　址：中国北京市海淀区车公庄西路33号　邮编：100048
发 行 部：010-68469781　010-68414683（传真）
总编室兼传真：010-88417359　版权部：010-88417359

开　　本：32开（787mm×1092mm）
印　　张：5.75
字　　数：66千字
版　　次：2018年4月第1版　2018年4月第1次印刷
印　　刷：三河市文通印刷包装有限公司
书　　号：ISBN 978-7-5146-1584-5
定　　价：25.00元

出版说明

为了使读者朋友们全面了解这套动物小说,特作如下说明。

关于作者: 桑顿·W.伯吉斯(1874—1965)是美国国宝级儿童文学大师,世界三大动物小说大师之一。另外两位动物小说大师是欧内斯特·汤普森·西顿和亚瑟·贝雷。

桑顿·W.伯吉斯的动物小说主打"温情",欧内斯特·汤普森·西顿的动物小说主打"悲情",亚瑟·贝雷的动物小说主打"恩情"。三种动物小说风格各异,蔚为大观,共同构成了20世纪前半叶世界动物小说的美丽画卷,促成了20世纪50年代后动物小说流派的开枝散叶和开花结果。动物小说创作的兴起和发展,赖此三子;动物小说的受欢迎和热销,亦赖此三子!

1874年2月14日,桑顿·W.伯吉斯生于马萨诸塞州的桑威奇。同年,他的父亲病逝。从此,他与母亲相依为命,母子二人生活清苦。童年时,他就放牛,摘野草莓,收野浆果,从池塘里运水莲,卖糖果,抓麝鼠……

桑顿·W.伯吉斯的第一位雇主是威廉·C.奇普曼。威廉·C.奇普曼的居住地遍布森林和沼泽,是野生动物生活的天堂。优美的环境深深地印在小伯吉斯的脑海里，后来激发了他无限的创作灵感。他的作品中的许多地点，譬如哈哈溪、微笑池塘、格林森林、格林牧场、蔷薇丛等，莫不与其童年的经历有关。

1891年，桑顿·W.伯吉斯毕业于桑威奇高中。1892年到1893年，他在波士顿一所商科学校短暂学习过一段时间。不过，他对商科不感兴趣，一心想成为作家。最后，他选择了菲尔普斯出版公司（Phelps Publishing Company），担任编辑助理。

1905年，桑顿·W.伯吉斯与妮娜·奥斯本喜结连理。遗憾的是，一年后，妮娜·奥斯本去世了，留下一子。据说，桑顿·W.伯吉斯之所以创作动物小说，是因为他想通过给儿子讲故事，陪儿子长大。1911年，桑顿·W.伯吉斯再婚。他的妻子叫范妮。范妮结过一次婚，嫁给桑顿·W.伯吉斯时已经是两个孩子的母亲了。1925年，夫妇二人在马萨诸塞州的汉普登买了一所房子。桑顿·W.伯吉斯在这里一住就是三十二年，直到1957年。其间，他常回桑威奇。他经常说，桑威奇是他的精神家园。桑威奇的经历，桑威奇的熟人，都强化了他的创作志趣，促进了他的文学风格的形成。五十年来，他笔耕不辍，著作等身，其中出版的动物小说就达一百七十种，为日报专栏写的动物小说故事就更多了，超过了一万五千篇。1960年，桑顿·W.伯吉斯最后一本书《业余自然主义者自传》（*Autobiography of an Amateur Naturalist*）面世，讲述了他从懵懂顽童走向文学生涯巅峰的故事。1965年6月5日，桑顿·W.伯吉斯病逝，享寿九十一岁。

关于作品：本次出版桑顿·W.伯吉斯的作品共十二册，分别是《快乐的松鼠杰克》、《兔子彼得夫人》、《狐狸奶奶》、《猎犬鲍泽》、《大熊巴斯特的双胞胎》、《麝鼠杰里在微笑池塘》、《乌鸦布雷奇》、《水貂比利》、《小水獭乔》、《森林鼠怀特富特》、《长腿苍鹭》和《鹿莱特富特》。每本书都以一个小动物为主题，讲述了跌宕起伏的冒险故事，演绎了"温情"这个主旋律。无论主角还是配角，都向往"公平"和"友好"。大自然母亲，西风妈妈和她的孩子们——快乐的小微风，太阳公公，月亮婆婆，北风哥哥和冰霜杰克等配角莫不如此，更不用说快乐的松鼠杰克等主角了。此外，伯吉斯将"环保理念"融入了小说。随着伯吉斯动物小说影响的不断扩大，"环保理念"进入千家万户，积极地推动了20世纪50年代后环保主义、自然保护主义和可持续发展主义的兴起。

关于版本：本书依据纽约格罗塞＆邓拉普（GROSSET & DUNLAP）出版公司的版本翻译而成。

关于丛书的影响：（一）多语种出版，全欧美畅销。桑顿·W.伯吉斯生前及去世后，其作品被翻译成德语、法语、意大利语、西班牙语、瑞典语、盖尔语等十多个语种，据说，总销量已经超过一亿册。（二）桑顿·W.伯吉斯的作品中的主角"兔子彼得"（由哈里森·卡迪创作）与比阿特丽克斯·波特创作的"彼得兔"一争高下。桑顿·W.伯吉斯说："比阿特丽克斯·波特创作的'彼得兔'形象名扬全世界，而我和哈里森·卡迪创作的'兔子彼得'同样深入人心。"（三）自然广播联盟近五十年大力推荐，美国三十个州数千万人受益匪浅。从1912年开始，桑顿·W.伯吉斯通过自然广播联盟播出他的动物小说，美国三十个州数千万人收听，深受父母和老师们好评。（四）推进动物小说在美国的普及，桑顿·W.伯吉斯荣膺"世界三大动物小说大师之一"的美誉。五十年辛苦不寻常，他的"温情"动物小说与世界另外两位动物小说大师西顿和贝雷的作品分庭抗礼，不分伯仲。（五）促进了环保理念在美国上下的普及。《迁徙性野生动物保护法》诞生，桑顿·W.伯吉斯功不可没。以保护土壤为目标的"格林森林俱乐部"（The Green Meadow Club）和以保护野生动物为目标的"睡前故事俱乐部"（The Bedtime Stories Club）的成立，离不开桑顿·W.伯吉斯的努力。（六）荣获波士顿科学博物馆（Museum of Science, Boston）金奖和永久性野生动物保护（Permanent Wildlife Protection Fund）特殊贡献奖两项大奖。

关于译者：本书译者为西安科技大学李黎老师与王立言老师、兰州交通大学的王宝老师与赵娟丽老师、陇东学院的韩晓老师以及资深翻译王清老师。其中，李黎老师翻译了《快乐的松鼠杰克》《兔子彼得夫人》，赵娟丽老师翻译了《水貂比利》《麝鼠杰里在微笑池塘》《长腿苍鹭》，王宝老师翻译了《乌鸦布雷奇》《大熊巴斯特的双胞胎》《森林鼠怀特富特》《鹿莱特富特》，王立言老师翻译了《猎犬鲍泽》，韩晓老师翻译了《小水獭乔》，王清老师翻译了《狐狸奶奶》……各位老师治学严谨，译笔优美，为确保本书的质量奉献良多。在此，深表敬意。

尽管出版前我们做了许多工作，然而不足之处实难避免，欢迎读者朋友们批评指正。

目 录

第一章 发现陷阱……002

第二章 水貂比利更胜一筹……010

第三章 遇见浣熊博比……018

第四章 商量对策……028

第五章 浣熊博比处理捕猎器……036

第六章 水貂比利出远门……046

第七章 舒适的新家……054

第八章 大谷仓是个贼窝……062

第九章 群鼠开会……068

第十章 无知者无畏……074

第十一章 老鼠的计划失败了……082

第十二章 老鼠王的提议……088

第十三章 食物"逃跑"了……094

第十四章 农舍危机……102

第十五章 老鼠引发火灾……108

第十六章 水貂比利偷鸡……114

第十七章 和农夫成为朋友……122

第十八章 水貂比利发现老鼠窝……130

第十九章 鼠患解决了……138

第二十章 水貂比利打道回府……144

第二十一章 猫头鹰胡提偷袭失败……150

第二十二章 与野兔跳跳赛跑……156

第二十三章 两个敌人……164

第二十四章 水貂比利笑到最后……170

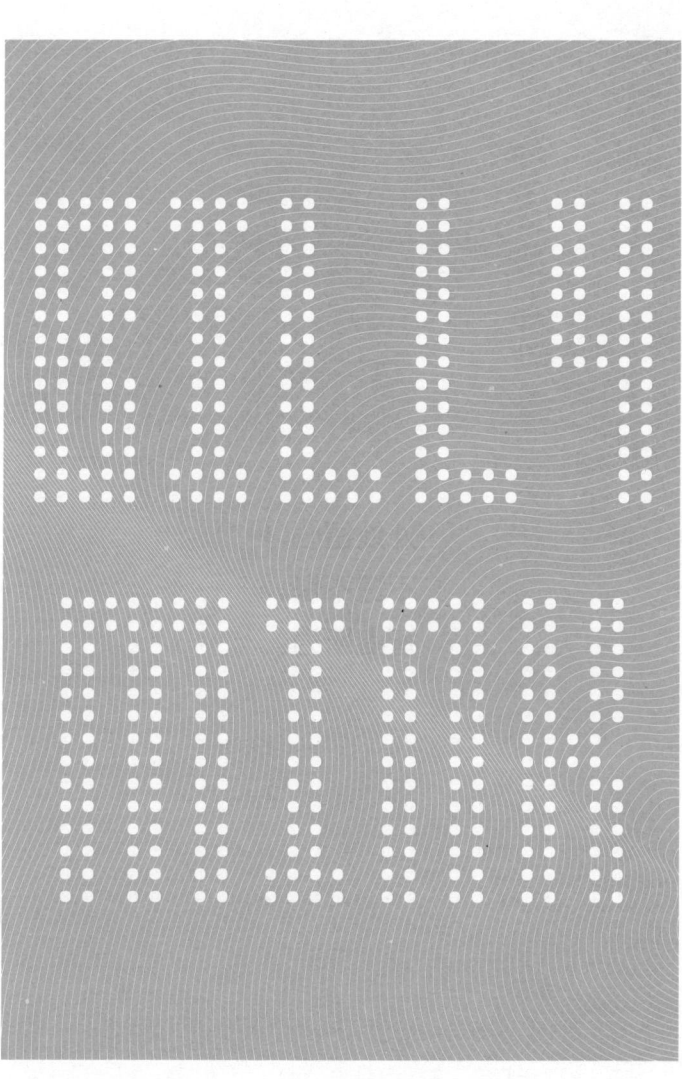

第一章
发现陷阱

处处留心,
不惊不惧,
智者所为。

水貂比利特别聪明，眼睛也特别尖，行动更是敏捷，在这些方面，生活在格林森林里的所有小动物都不如他。他精力充沛，一刻也闲不住，经常在哈哈溪和格林森林里逛来逛去。而且无论是白天还是黑夜，无论是艳阳高照还是明月高悬，甚至在漆黑一片的夜晚，他都可以在这些地方自由地穿梭。困倦时，他便打个盹儿休息一下；醒来后，他便再次精神抖擞地转来转去。

一次，水貂比利蜷缩在哈哈溪附近灌木丛下面的一个空树洞里睡着了。他睡得正香，做着美梦时，突然被外界的声音吵醒了。这时，你简直不敢相信前一秒钟他还在睡觉呢。一瞬间，他便明白是什么扰了他的好梦，原来有人刚刚从他睡觉的地方经过。

于是，水貂比利悄无声息地爬出树洞，从灌木丛下面朝外偷窥，只见一个人正朝着哈哈溪岸边走去。水貂比利那双锐利无比的眼睛，那对竖起的尖耳朵，还有那个嗅觉异常灵敏的鼻子，可以察觉一切发生在格林森林和哈哈溪附近的事情。

水貂比利仔细看了看那个人，自言自语道："我以前从来没有见过这个家伙，他既不是农夫布朗的儿子，也不是农夫布朗。看起来，他似乎在找什么东西。他在找什么呢？我得盯着他。"

因此，水貂比利就像幽灵一样，悄悄地跟在那个人身后。对水貂比利来说，即使没有成堆的落叶，他也可以轻松地找到藏身的地方。因为身体又瘦又长，他可以轻松地钻进任何一个缝隙，而且可以轻松通过他的表兄鼬鼠沙道都很难通过的地方。于是，他从一个隐蔽的地方转移到另一个隐蔽的地方，眼睛一眨不眨地盯着那个人。其间，那个人根本没有察觉到水貂比利正在身后跟踪他。

盯的时间越久，水貂比利对那个人越感兴趣。首先，水貂比利非常确定那个人是在找东西，因为那个人几乎寻遍了哈哈溪附近的所有空原木，没有放过任何一个树洞。没过多久，水貂比利便发现，那个人搜查的地方几乎都是自己经常去的地方。于是，水貂比利停了下来，若有所思地挠挠鼻子，自言自语道："这个人是在找我吗？"

接下来的两天，虽然水貂比利没有再看到那个人的踪影，但并没有放松警惕。水貂比利觉得，那个人居心不良，来这里的原因似乎和自己有关。因此，与之前相比，水貂比利更加小心谨慎了。每次在哈哈溪附近转悠时，他总会留心那个人的踪迹。

第三天，那个人又出现了。跟第一次一样，水貂比利尾随其后。那个人也跟第一次一样，东瞅瞅西瞧瞧地搜寻什么东西。就这样，直到那个人穿过格林森林，水貂比利一直跟在后面。后来，那个人离开格林森林后，水貂比利迅速回到那天早上他第一次看到那个人的地方。

水貂比利嘀咕道："他似乎什么都没有做呀，但我敢肯定，他一定在找什么东西。在我看到他之前，他肯定做了什么我不知道的事情。看来我得查查一下哈哈溪一带的情况了，看看这里是不是出现了什么可疑的东西。"

水貂比利从河岸的这边游到河岸的那边，仔细检查着哈哈溪附近的每一处洞口、每一根原木、每一根树枝。迈步之前，他都要确定落脚的地方是否安全。如前所述，水貂比利的嗅觉很灵敏，因此，他可以通过空气中的气味判断出那个人去了哪些地方。然而，很长时间过去了，他依然没有发现任何可疑的迹象。

虽然周围的一切都很正常，但水貂比利却变得更加不安起来，一种不祥的预感萦绕在他心头。

水貂比利走到岸边一个熟悉的洞口附近时，突然闻到了一股令人陶醉的香味。此刻，他正饥饿难耐呢。为了跟踪那个人，只顾检查周围的环境，他还没填饱肚子呢。那股诱人的香味是从一个洞穴里散发出来的。毫无疑问，那个洞里有条鱼。饥肠辘辘的水貂比利现在特别想吃鱼，而洞里那条鱼唾手可得，他只需走进洞里，便能立刻享用它了。

他正打算这么做时，一个念头突然跳进他的脑海：之前这个洞里可从来都没有鱼，现在为什么会出现一条鱼呢？水貂比利开始仔细地检查洞口周围的一切。最后，他发现，在洞里的某个地方，一些枯树叶被泥浆覆盖着。水貂比利知道，从前这里可没有这些东西。于是，他小心翼翼地弄走了那些泥浆和树叶。下面竟然是一个陷阱！

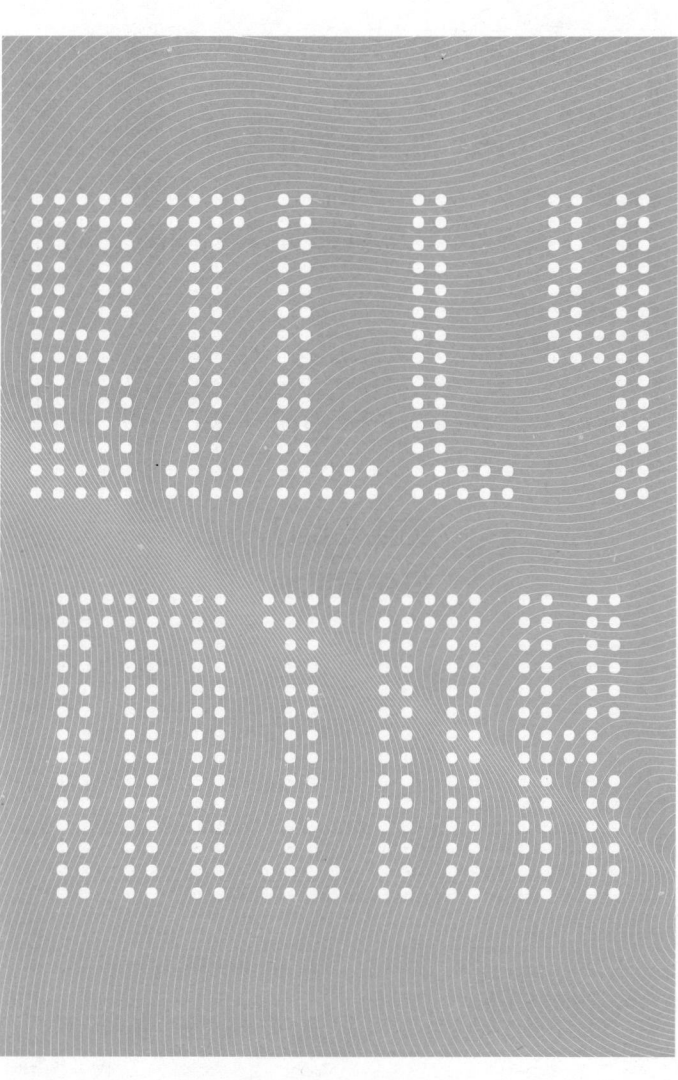

第二章
水貂比利更胜一筹

见怪要当心,
好奇惹麻烦。

发现那个洞里的陷阱后，水貂比利立刻想到了那个人。他认为，陷阱一定是那个人设下的，说不定那个人就是一个想抓住自己的猎人。刚发现陷阱时，水貂比利特别生气，首先，哈哈溪岸边的这个洞穴是他最喜欢的一个地方；其次，发现这个陷阱后，他便得处处小心了，谁知道附近有没有其他陷阱呢，他可不能一不小心掉进去呀。

发现陷阱后，水貂比利最先想到的是：得去哈哈溪上游看一下，不知道那里是不是有更多的陷阱。但这时他很饿，而洞里正好有条鱼。虽然水貂比利知道这条鱼是那个人设下的诱饵，但他依然想大饱口福。

水貂比利自言自语道:"如果我没有发现这是个陷阱,被这条鱼吸引,那个人的诡计可能就得逞了。既然现在我已经发现了陷阱,那我就得想办法吃掉这条鱼,因为我要给那个人提个醒,让他知道他没有自己想象中那么聪明。只要我能避开他的陷阱、吃掉他的诱饵,我就能向他证明,尽管他诡计多端,但我更胜一筹。"

水貂比利坐在那个洞口,开始认真地研究陷阱以及洞穴里的情况。越研究,他就越想冒一下险,跨过陷阱,吃掉那条作为诱饵的鱼。虽然他心里明镜似的,那个陷阱设得很巧妙,但他还是一门心思地想冒险一试。

不一会儿,水貂比利若有所思地动了动胡须,接着两眼放光,咧嘴一笑。原来他想到这么一件事:岸边的一棵大树的树根间有个洞,穿过那个洞便可以进入地道,而那个陷阱就在地道的上方。这样一来,水貂比利觉得，树根间的那个洞便是陷阱的后门，通过那里绕过陷阱，他就能安全地拿到那条鱼了。

于是，水貂比利转过身去，一眨眼的工夫便跑到了岸边。凭着灵敏的嗅觉，他判断出那个猎人还到过大树这里。虽然他十分确定猎人没有发现树根间的那个洞，但为了以防万一，在洞口前面他还是小心谨慎地检查了好几遍。最后，确定这个洞口没有陷阱了，水貂比利便跳了进去，沿着地道小跑起来。在地道中前进时，他边跑边窃喜，因为他知道现在自己可以安全地取到那条鱼了。

一取到那条鱼，水貂比利就狼吞虎咽起来。吃完后，他转身往外跑去。他觉得，这条鱼比以往吃过的任何一条鱼都要美味，因为这条鱼是凭自己的智慧得来的。

粗心大意是大多数人易犯的通病。发现新奇、怪异的东西时，他们的好奇心会战胜一切——因为好奇而陷入麻烦的事简直数不胜数。不过,水貂比利可不是这样,他从来没有因为好奇而鲁莽地做过什么事。如果他之前真这么做过,那么,估计早就死于猎人之手,失去那身美丽的褐色皮毛了。

虽然水貂比利好奇心很重,但他总是三思而后行。发现新奇的东西后,他会认真研究。譬如发现那个猎人设的陷阱后,他凭着自己的智慧,安全地吃掉了那条作为诱饵的鱼。之后,他又朝哈哈溪上游赶去,看看是不是还有其他的陷阱。

水貂比利从那个有陷阱的洞口出发,不一会儿便来到了哈哈溪上游的岸边。这里的河岸非常陡峭。现在这个季节,这里的水位比较低。这时,水貂比利又发现了一些奇怪的东西——一排篱笆。篱笆中间有一个狭窄的通道,水貂比利那修长的身体刚好可以通过。

水貂比利说:"哈!这些篱笆是新的。我记得,昨天这里还没有篱笆呢。谁把篱笆放在这儿的?这篱笆是干什么用的?虽然篱笆中间有一条我可以轻易穿过的通道,但我不会那么做。绝对不会!它好像是专门为我准备的。如果真是这样的话,我才不会中计呢。"

说完,水貂比利便跳进了哈哈溪里,游到了篱笆附近的深水区,小心翼翼地靠近那个通道。最后,你猜他在那里发现了什么?他大喊道:"哈,又是个陷阱!"

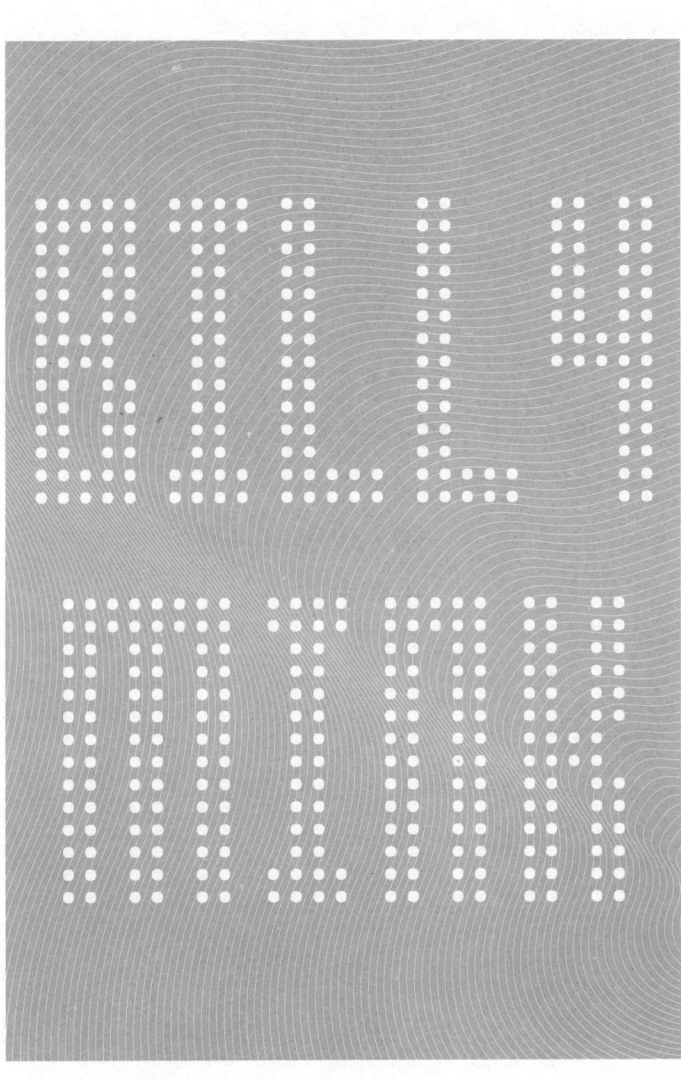

第三章
遇见浣熊博比

赠人玫瑰，
手有余香。

水貂比利快要气疯了。之前,他发现猎人在他最喜欢的洞穴里设了一个陷阱,现在又发现猎人在这里用篱笆设了另一个陷阱。有那么一瞬间,他完全失去了理智,气得咬牙切齿,眼睛瞪得圆溜溜的。

水貂比利认为这些陷阱都是为他准备的。他怒吼道:"我讨厌那个猎人,非常讨厌!虽然被猎人追赶很危险,但我有躲避危险的办法。被追赶时,我知道危险从哪儿来,也知道如何应对,只要我足够聪明,我不仅没有危险,甚至还可以戏弄一下猎人。但陷阱就不一样了,首先,陷阱和猎人同样危险,其次,陷阱设置得非常隐蔽,通常情况下,动物们还没有反应过来便陷在里面了。我讨厌陷阱，更讨厌设陷阱的那个猎人！哈哈溪附近到底还有没有其他陷阱呢？如果有的话，它们又在哪里呢？"

抱怨了一通后，水貂比利继续前进，来到哈哈溪的另一头。在那里他没有发现陷阱，便进了一个自己喜欢的藏身之处，一边蜷缩着休息，一边反复琢磨与那个猎人有关的事情。他觉得自己应该离开哈哈溪，去哈哈溪下游的大河里待一段时间。这样一来，那个猎人在哈哈溪就见不到他了，一定会非常失望。说不定猎人会因此而收走自己设的陷阱呢。

不过，就在决定当晚离开时，水貂比利突然想到，这里还有很多陷阱，而朋友们却毫不知情，因此，还是先在这里待上一段时间吧。于是，休息好后，到了晚上，水貂比利就去找其他的陷阱了。

突然，一丝微弱的声音钻进了他的耳朵里。他立刻警觉起来。一阵树叶的沙沙声后，一个身影爬到一根老原木那里坐了下来。只看了那个身影一眼,水貂比利便心里有数了。他悄悄地溜到了那个身影后面。

"嘿!"水貂比利突然喊道。他喊出这个声音的时候,浣熊博比刚到哈哈溪,立刻吓了一跳。原来,浣熊博比正坐在老原木上清洗自己的食物呢。通常,只要条件允许,吃饭前浣熊博比一定会先清洗自己的食物。因为做这件事时他太投入了,所以根本没顾得上观察周围的情况。

被水貂比利吓了一跳,浣熊博比很生气。但过了一会儿,他的气便消了,因为食物洗好了,他要享用晚餐了。吃完后,他便和水貂比利聊了起来,讲了一些他在格林森林里的见闻。不过,他说的那些事情,水貂比利都清楚,因为没有什么能瞒过水貂比利那锐利的眼睛、尖尖的耳朵和灵敏的鼻子。浣熊博比说完,水貂比利接着讲了一些他在哈哈溪附近的见闻,但他没有提那个猎人和陷阱的事情。

水貂比利和浣熊博比在月光下聊了很久，聊得很开心。这时，浣熊博比打算去哈哈溪附近转转。他非常喜欢在那里闲逛，看看游来游去的鱼儿，玩会儿水，别提多有趣了。

浣熊博比的好奇心几乎和兔子彼得一样重。如果看到一个比较奇怪的东西，那么他一定会凑上前去一探究竟，即使只是水里的一块鹅卵石或一个贝壳，他也会把它们拿在手里，仔细把玩。

看着浣熊博比向哈哈溪走去，水貂比利自言自语道："看到那些篱笆后，他会怎么做呢？"为了弄清楚，水貂比利决定偷偷跟在浣熊博比的后面。

来到篱笆前，浣熊博比坐了下来，有些滑稽地盯着篱笆，自言自语道："太好玩了，这里怎么会有篱笆呢？我以前可从来没有见过。篱笆有什么用呢？嗯，对了，如果我想去河对岸的话，我只能绕开这些篱笆走远路了，可我并不想这么做。"

因为浣熊博比很懒,所以他继续坐在那里,一动不动地看着篱笆。篱笆是用树枝做的,树枝的一端插进了土里。过了一会儿,浣熊博比决定直接穿过篱笆,到河对岸去。于是,他走到篱笆前,很快便发现中间的那个开口,不过,如前所述,那个开口很小,明眼人都知道,它是专为水貂比利而设的,而浣熊博比的个头大得多。于是,浣熊博比又坐了下来,用脑袋碰了碰篱笆,好像在研究那个开口似的。最后,他自言自语道:"这个口子太小了,如果我使劲撞篱笆,也许能撞大一点儿,然后我就能够穿过了,这可比绕道爬那个陡峭的河岸方便得多、容易得多了。"

然而,就在此时,不知为什么,浣熊博比突然有种不舒服的感觉。有什么地方不对劲呢?虽然他说不清楚,但不舒服的感觉的确存在。一开始,由于好奇心的驱使,浣熊博比想撞篱笆,把小口子撞成大口子,但因为这种奇怪不安的感觉,他开始犹豫不决。于是,他又非常谨慎地检查了那个篱笆，挨个儿闻了闻篱笆上的树枝，想从中找到一些令他不安的线索。不过，除了枯树枝的气味之外，没有其他任何可疑的味道。最终，他得出结论，其实篱笆没有什么不对劲的地方，至少自己可以安全穿过那个开口。

可是，就在他伸出一只脚，正准备踩到开口时，水貂比利大喊："停！快停下！"

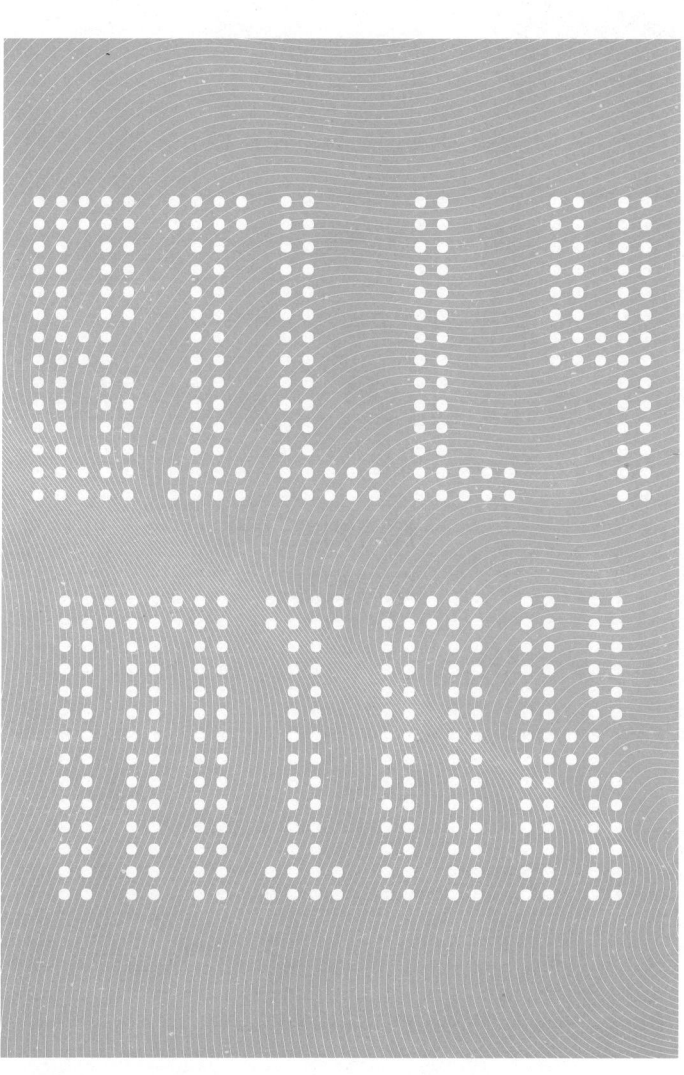

第四章
商量对策

探寻知识,
获得智慧。

听到水貂比利的喊声,浣熊博比立刻停了下来,那只准备迈入篱笆中间开口的脚就那么悬在半空中。接着,他退了一步,转身盯着水貂比利,很生气地问道:"你为什么喊停?"

水貂比利语气坚决地说道:"如果你再往前走一步,那么这可能是你走的最后一步了。"

听到这句话,浣熊博比匆忙朝后退去,尽量远离篱笆。他的动作相当可笑,不明就里的人没准儿以为他的脚被烧了呢。他冲水貂比利咆哮道:"到底怎么回事?我可没有发现什么不对劲的地方。"

水貂比利咧嘴一笑道:"你的确看不出有什么问

题，但你的脚一旦踩下去，那么一切就都晚了。其实，刚才你已经感觉到不对劲了，不是吗？篱笆的开口处设有陷阱，我怀疑那是猎人专门为我准备的。不过，我想，既然那个猎人有能力抓我，他也可以对你产生威胁。"

浣熊博比眨了眨眼睛，认真地看着水貂比利，想弄明白对方是不是在骗自己。可是等他看到水貂比利因为生气而发红的眼睛后，他便明白，水貂比利是认真的，没有骗人。于是，浣熊博比激动地大喊道："天哪！太感谢你了，水貂比利。今天晚上如果不是有你在，估计我这会儿已经被困住了。希望有朝一日我可以为你做件事，报答你的恩情。篱笆好可恶！中间的开口真小，你确定这是猎人安的篱笆吗？"

水貂比利回答道："当然了，我十分确定。他在这里安了篱笆，我们从篱笆中间的开口经过时，就会掉进他精心准备的陷阱里。对了，哈哈溪那边还有一个陷阱呢。"

浣熊博比抬起头来,朝远处看了看,这时他才看到,哈哈溪那边真的也出现了一排篱笆。于是,他神情严肃地说道:"我们是不是得做点儿什么?现在只有我们两个知道这些陷阱。谁经过这里就给谁提个醒,这是我们办不到的,因为我们不可能一直待在这里不走。但如果不做些什么,我又过意不去。哪怕是我最讨厌的敌人,我也不希望他落入人类的陷阱之中。我们该怎么告诉大家,让他们注意陷阱呢?"

水貂比利回答道:"我也不知道,但我们可以一起商量商量,看能不能找到一个好办法,毕竟'一人计短,二人计长',三个臭皮匠还可以赛过一个诸葛亮呢!"

浣熊博比点了点头说:"嗯,我们去老原木那里商量吧。"于是,他们便朝刚才见面的地方走去。

回到老原木那里后,水貂比利和浣熊博比坐在一起，商量怎么对付猎人设的陷阱。

水貂比利先开口，说："我们已经发现了那个陷阱，只要不去触碰它，我们暂时就是安全的。但经常在哈哈溪附近玩儿的其他小动物还不知道呢，万一谁不小心碰到陷阱，后悔就来不及了。"

浣熊博比点了点头："我也是这么想的，要不是你，当时我就掉进陷阱里了。我真是太蠢了，竟然没有怀疑篱笆中间的那个开口，那本来就是猎人专门留下来引诱经过的动物的。我估计，还会有和我一样蠢又懒的人不愿爬陡峭的河岸，而想偷懒钻口子呢。我们必须做点儿什么。但是我们又能做什么呢？"

水貂比利问道："浣熊博比，你敢走到那个陷阱的跟前吗？"

浣熊博比若有所思地挠挠头问："需要多近呢？"

水貂比利说："近到你的手可以放进去。"

浣熊博比回答道："我不知道我能不能行。另外，这样做有什么意义？"

水貂比利说："你看，那个陷阱就在开口的正中间，上面覆盖着枯树叶。我见过很多陷阱，所以我很了解它们，如果我们一不小心踩到陷阱，那么陷阱里的两个铁钳子就会夹住我们的脚。那种铁钳子只能朝上钳，所以如果你的手放在它下面，你就不会有危险。你伸手抖掉它上面的树叶，没了树叶的覆盖，过往的小动物便能轻松地发现它了。铁钳子会夹住在它上面的东西，直接扫走那些树叶的话很有可能会触发陷阱，被它夹住。如果你去对付这边的陷阱，我就去对付那边的陷阱。你要是害怕，就直说，我自己去对付两边的陷阱。"

浣熊博比心中充满了恐惧，因为他从来没有做过这种事。但他不愿承认自己胆怯，因为一旦露怯，水貂比利肯定会到处说他胆小，以后他就会被别人嘲笑了。思考了一会儿，他说："如果你能做到，我也可以。"

水貂比利高兴得跳了起来,说:"好,那么我们开始准备吧,我可不想一整晚都坐在这儿。"

于是,水貂比利向哈哈溪对岸游去,浣熊博比则慢慢地向篱笆走去。

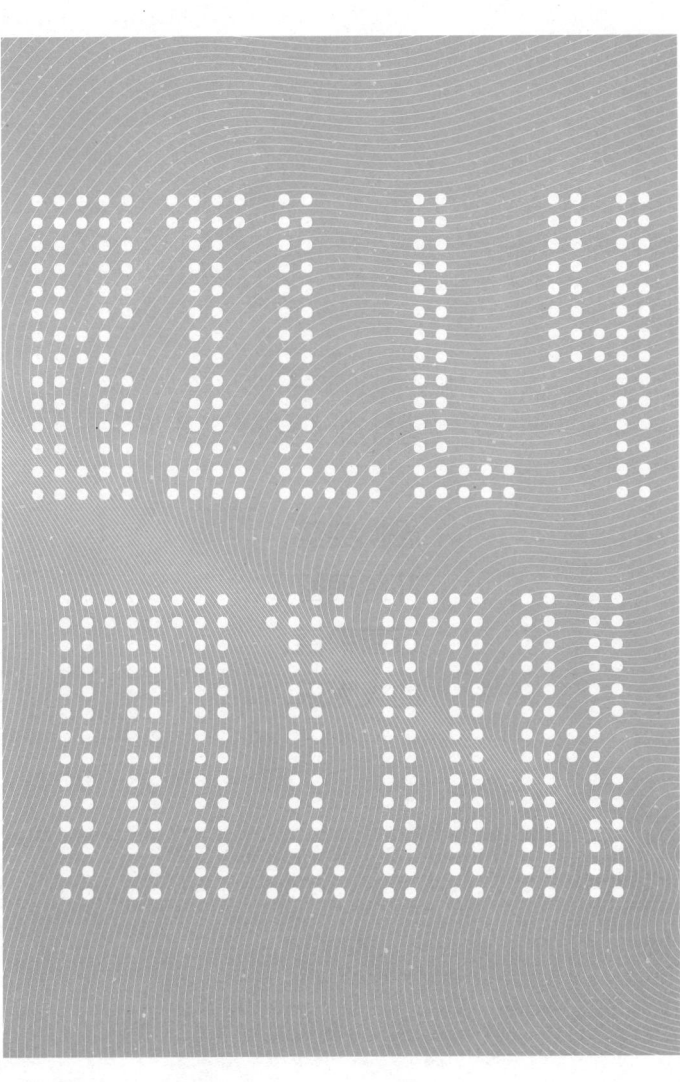

第五章
浣熊博比处理捕猎器

恐惧突至,
吓跑理智。
行善积德,
助人为乐。

浣熊博比来到哈哈溪岸边的篱笆前面。因为不了解陷阱，所以他特别忐忑。如果对陷阱多一些了解，他也不至于像现在这样害怕了。

这时，他抬头向河对岸看了看，只见一个褐色的身影在月光下跳跃着。他知道那是水貂比利正在前往另一个陷阱的路上，可见水貂比利并不害怕陷阱。于是，浣熊博比鼓起勇气，走到篱笆中间的开口处，仔细地研究起来。

虽然水貂比利说开口下面有个陷阱，但陷阱的蛛丝马迹浣熊博比一点儿也看不出来。他只看到开口处有些枯树叶，除此之外，什么也没有发现。他疑惑地自言自语道:"水貂比利说陷阱在树叶下面,他是怎么知道的呢?"

因为记着水貂比利的话,浣熊博比就把手伸进了沙子里。突然,他碰到了一个坚硬的东西,立刻把手抽了出来,好像被烧到一样。结果,什么事情都没有发生。这下,浣熊博比勇气大增,开始观察起这个陷阱来。在月光的照耀下,他从树叶底下刨出来的那个东西闪着微光。浣熊博比一向对发光的东西感兴趣,因此,他摸了一下那个东西,又快速地把手抽回来。结果,还是什么都没有发生,因此,他便抓住那个东西,轻轻地往外拉。于是,篱笆开口处的树叶纷纷掉落了,随着他继续拉动,叶子落得越来越快、越来越多。浣熊博比觉得没有什么危险,就继续往外拉那个陷阱。原来,他抓到的是捕猎器的链子。最后,他竟然把那个捕猎器拉了出来。

现在,人类制作的捕猎器便呈现在他眼前了。他挺直身子，准备研究研究。首先，他最想知道的是，这个小东西怎么抓住像他这样的动物。不过，因为害怕，他观察时异常小心。他看到，那个捕猎器的两个铁爪子大张着。他记得水貂比利说过，如果把手放在捕猎器下面的话，便不会有什么危险。因此，他尝试着把一只手伸到了捕猎器的下面。突然，捕猎器瞬间跳了起来，咔嚓一声，两个铁爪子紧紧地扣在了一起。浣熊博比几乎没有看清发生了什么，所以他不知道自己无意中触动了捕猎器。

浣熊博比不明就里，匆忙转身离开了，慌慌张张地向水貂比利所在的地方跑去。他想尽量远离那个"怪物"，因为他总觉得捕猎器会跟着自己似的。

浣熊博比被突然合拢的捕猎器吓坏了，慌慌张张地跑起来。他完全没有注意到水貂比利就在之前见面的老原木那里等着自己。

看着浣熊博比惊慌失措的样子，水貂比利咧着嘴笑道:"浣熊博比,你跑什么?我还以为你不害怕呢!"

浣熊博比停下了来,气喘吁吁地说道:"它……它要抓我!它在我面前跳起来了。"

水貂比利咯咯地笑道:"我没有看见它要抓你呀,之前我不是说了吗?你把手放在它的下面,你就不会有危险。其实,只要你不是从上面踩到它,你就不会被它夹住。嗯,看来你干得不错,那个捕猎器已经合上了。我刚才也让我这边的捕猎器合上了。这样一来,两个捕猎器就不构成威胁了。现在,我们可以自由地穿过那个开口,再不用担心掉进陷阱里了。虽然猎人明天可能会来,但至少今天晚上我们不用再提心吊胆了。现在,我们去哈哈溪下游的微笑池塘吧。"

水貂比利的这个提议很诱人,浣熊博比根本没办法拒绝,于是,他们便沿着哈哈溪朝下游走去。经过浣熊博比合上的那个捕猎器时,水貂比利一脚把它踢到旁边。

水貂比利说合上的捕猎器没有危险，他的这个举动证实了他说的话。然后，水貂比利毫不犹豫地游过设置陷阱的开口处，这个举动说明那里没有危险了。浣熊博比走过去，拔掉篱笆里的几根树枝，拓宽了开口，然后穿了过去。

到了微笑池塘，他们看到小水獭乔正坐在一块大石头上，麝鼠杰里正朝家里游去。

水貂比利打招呼道："嘿，伙计们，过来，我跟你们说个事儿。"

小水獭乔和麝鼠杰里便比赛似的游到了水貂比利和浣熊博比所在的地方。小水獭乔首先问道："嘿，水貂比利，你要说什么事？我估计不是什么重要的事情吧。"

水貂比利反驳道："这得看你怎么看了，有个人在哈哈溪周围设了陷阱。我已经发现了三个，就在刚才,我和浣熊博比处理了两个陷阱。我们觉得应该给你们提个醒。"然后,他和浣熊博比便把事情的来龙去脉告诉了小水獭乔和麝鼠杰里。

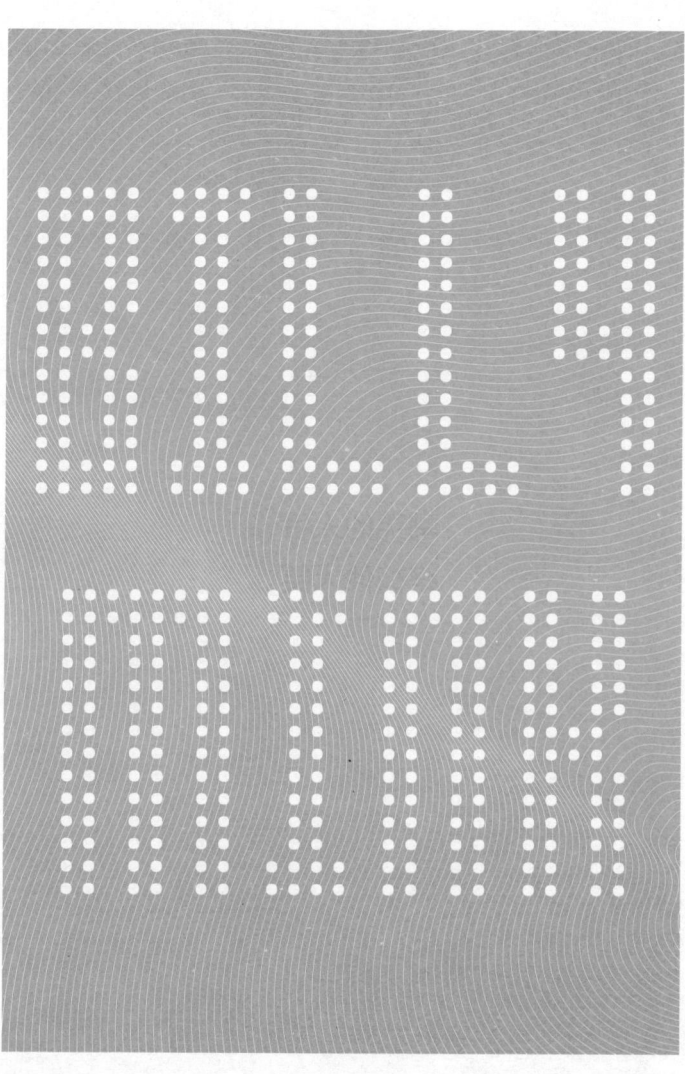

第六章
水貂比利出远门

嘲笑他人者,
终被他人笑。

在微笑池塘见过小水獭乔和麝鼠杰里后,浣熊博比觉得哈哈溪是个危险的地方,就回了格林森林,并决定以后远离哈哈溪。而水貂比利则和小水獭乔商量接下来该怎么办。

水貂比利首先说道:"虽然我只发现了三个陷阱,但我肯定别的地方还有我没发现的陷阱。另外,我觉得,猎人发现他的两个陷阱被破坏后,一定会设更多的陷阱。在我看来,那个猎人不是特别聪明,根本弄不出一个我们无法发现的陷阱,但他知道我们生活在哈哈溪一带,因此,他会不断地给我们设陷阱,这样一来,我们的日子就不好过了。你觉得我们该怎么办呢?"

小水獭乔反问道:"你觉得呢?"

水貂比利说:"我想出趟远门,我已经很久没有好好放松放松了。再说,现在正是外出的好时候。趁现在没有下雪、结冰,我想到远方的一条小溪去看看。很久以前我就想去了。我打算今晚就出发,到那里待段时间。等猎人白忙活一阵,厌倦了设陷阱后,我再回来。"

小水獭乔说:"你这个想法真不错,水貂比利。我也想出去转转,我喜欢旅行。虽然待在这里就是冒险,但这样的冒险对我们来说完全没有意义,而且今年这里的鱼也不像往年那样多。因此,我打算去大河待一阵子。不知道麝鼠杰里去不去,要不把我们的想法告诉他,看看他会选择跟谁一起走。"

水貂比利很肯定地说:"他不会跟我一起走的。首先,他走得太慢了,我不愿意和他一起走。其次,我想他也不愿意跟我一起走，因为我觉得他多少有点儿怕我。"

小水獭乔咧嘴笑了笑说："我想他有充分的理由，因为曾经有人告诉我，水貂喜欢吃麝鼠肉。当然了，我觉得他也不会和我一起走，因为他太恋家了。但不管怎样，我们还是应该告诉他我们的想法，由他决定是去是留。"

因此，水貂比利和小水獭乔找到了麝鼠杰里，把打算告诉了他，同时也劝他出趟远门。

很久以前，水貂比利便想出去转转，发现猎人设的陷阱后，他说服自己的理由就更充分了。于是，他便离开了哈哈溪，朝着远处的一条小溪走去。本来他不打算走远，但来到那条小溪后，发现那里的鱼不像自己想象的那么多，因此决定继续前进，直到找到满意的地方为止。

水貂比利特别喜欢水，在水里时能像麝鼠杰里一样自由自在地游泳。在陆地上行走时，他同样感觉舒服。实际上，水貂比利经常在陆地上闲逛。他可不喜欢一成不变的生活，因此，他有时宁愿在陆地上狩猎，也不愿到水里捕鱼。

他狩猎的本领也很高强，很少为下一顿饭发愁，很多时候，当他的猎物——鸟儿或老鼠发现他时，就已经逃不掉了。所以，离开那条小溪后，水貂比利便朝着一个特别的地方走去。他是格林森林里和格林牧场上最特立独行的小动物，不管身在何处，他都能照顾好自己。他行动快如闪电，藏身的技术更是一流，一眨眼的工夫就可以藏好，在这方面，谁都比不过他。

一路上，水貂比利漫无目的地游荡着，尽情享受着当前的美好时光。通常他都是在晚上赶路，但如果白天无事可做，他也会继续赶路。经过格林森林时，他追捕森林鼠怀特富特和松鸡夫人；来到辽阔的草场上，他猎取田鼠；走到小溪边，他便跳入水中捕鱼。

最后,他来到了一个农家小院,那里有一个大谷仓和一个大鸡舍,鸡舍里有好多只母鸡。在鸡舍和谷仓之间,还有一大摞木材。一看到那成堆的木材,水貂比利就咧着嘴笑了,那正是他喜欢的地方。他的身体修长,可以在木材的缝隙间自由地穿梭,况且在木材里藏身很安全。水貂比利高兴地喊道:"这真是个好地方!我要在这里待上一段时间。"

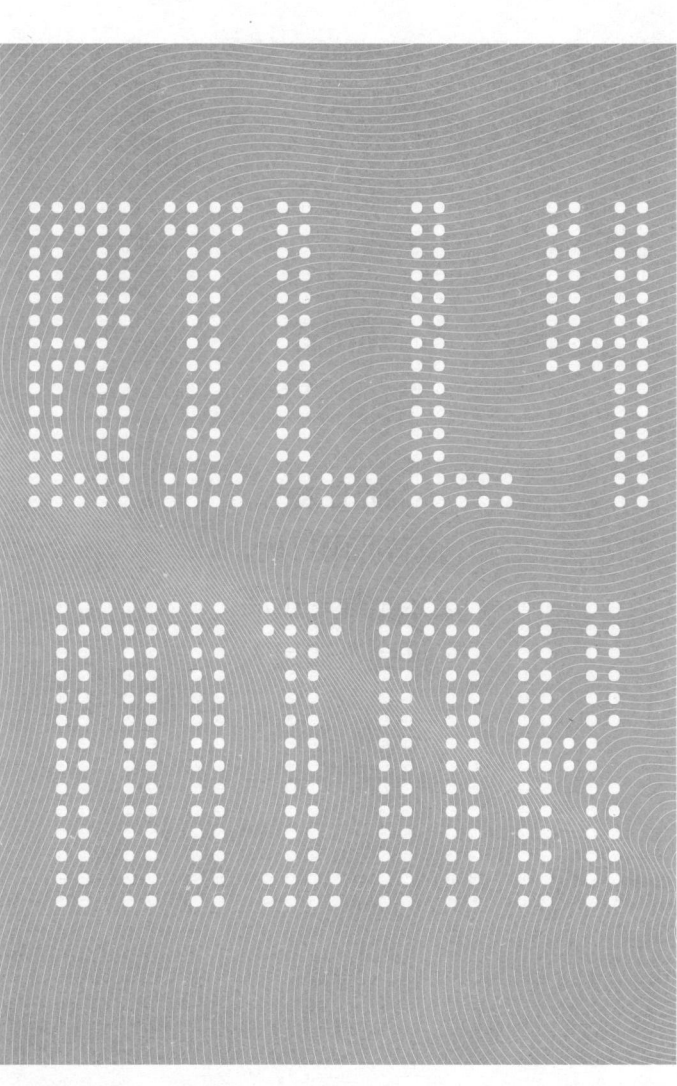

第七章
舒适的新家

不为吃住发愁，
没有风雨打扰，
这么幸福的生活，
谁会不知足？

谷仓和鸡舍之间的木材堆成了水貂比利心仪的"城堡"。就像花栗鼠可以在石头缝之间跳跃一样，身材修长的水貂比利也可以轻松地穿梭于木材之间的缝隙。另外，因为身体又瘦又长，所以水貂比利休息时所占用的空间很少。很快，他就发现，木材堆下面有一个稍大点儿的空间，休息时够用了。

接着，水貂比利开始熟悉环境。木材堆中凡是可以进出的缝隙，他都找了个遍。然后，他挑选了木材堆下面最舒适的一处当卧室。遇到危险时，他往下面一躲，谁也抓不住他，因此，他觉得这是一生中最安全、最舒适的卧室了。一想到安全，一想到终于远离了那个居心不良的猎人，他就不禁有些窃喜。完全熟悉木材堆后，他又开始了解周围的环境。虽然他的卧室很安全、很舒适，但如果周围没有充足的食物，这里也称不上"合适"。因此，他决定出去看看能不能找些充饥的食物。

他首先去了鸡舍。没过多久，他就发现，鸡舍某个黑暗的角落里有一个洞，他可以轻松地从那里钻进鸡舍。不过，那天晚上，水貂比利并没有去鸡舍，因为他精明着呢，他已经和人类打过多次交道了，积累了丰富的经验。他知道，那些母鸡都是家禽，是人类圈养的。如果一只母鸡失踪或者离奇死去，这里的人便会产生怀疑，然后开始搜寻并追捕他。因此，尽管那些母鸡很诱人，馋得他直流口水，但他还是决定先去找点儿别的食物充饥。

于是，水貂比利去了大谷仓，这也是他特别喜欢的一个地方。谷仓下面很黑，这正是他喜欢这里的原因之一。他发现了很多洞口，然后在自己落脚的一个洞口边闻了闻气味,便知道这是谁打的洞了,是老鼠罗勃和他的家人。水貂比利两眼放光,因为追猎老鼠罗勃和其他老鼠,可比吃那些愚蠢、无助的母鸡有趣多了。

前面我已经提到,水貂比利喜欢狩猎,而且狩猎技术高超。在格林森林和格林牧场,说到水貂比利狩猎的本领,连狐狸雷迪都自愧不如。首先,水貂比利的嗅觉异常灵敏,和狐狸雷迪一样能闻到老鼠的气味;其次,他还拥有一对敏锐的耳朵。

一闻到谷仓角落里老鼠罗勃的气味,水貂比利就忘记了鸡舍里的母鸡。于是,他钻过洞穴,进入了谷仓。这时,老鼠罗勃的气味更加浓烈了。就像猎犬鲍泽循着气味追赶狐狸雷迪一样,水貂比利循着气味径直走到一个谷物贮藏箱旁边。

在箱子的一边他看到三只老鼠——一只灰色的大老鼠和后面跟着的两只小老鼠。水貂比利发现他们时,他们正快速地从箱子的一边离开。水貂比利不明白他们怎么知道自己来了，或许是因为他们也闻到了他的气味吧，毕竟他散发出来的气味也很浓烈。虽然那三只老鼠发现了水貂比利，但为时已晚。水貂比利纵身一跃，一下子便跳到了他们身后。三只老鼠立刻分头逃跑，水貂比利没有任何犹豫，直接跟在最大的一只后面，他那灵敏的鼻子总能引导他找准方向。

那只大老鼠知道谷仓里所有的角落、通道以及藏身之处，但他心里清楚，他能通过、进入的地方，水貂比利也可以。因此，自己越跑越恐惧，越恐惧就跑得越快。他钻到箱子后面，钻到箱子下面，爬到箱子上面，挤过狭窄的通道，快速跑过开阔的地方。大老鼠在前面跑，水貂比利就在后面追。最后，水貂比利终于把那只大老鼠挤进了死胡同。

看到前面是个死胡同，大老鼠突然停了下来，转身面对着水貂比利，露出了尖利的牙齿。这是一只身体强壮的大老鼠，完全可以和水貂比利一战。见此情景，水貂比利停了下来，准备战斗。虽然大老鼠的动作很敏捷，但水貂比利更胜一筹；虽然大老鼠毫不畏惧，顽强抵抗，但他所做的一切都是徒劳，因为他根本不是水貂比利的对手。不一会儿，他就成了水貂比利的晚餐。

之后，水貂比利再次探查了这里的情况，了解了一些关于老鼠罗勃和其他老鼠的情况。最后他得出了结论——他们已经被格林森林和格林牧场的小动物遗弃了，所以当他捕杀他们时，谁也不会帮他们。如果没有这种褐色老鼠的话，那么这个世界会变得更加美好。

回到自己的新家后，水貂比利喃喃自语道："这真是个狩猎的好地方，只要我能够在那个谷仓里抓到老鼠，那么我就不必去人类的鸡舍了。"说完，他便开始休息了。

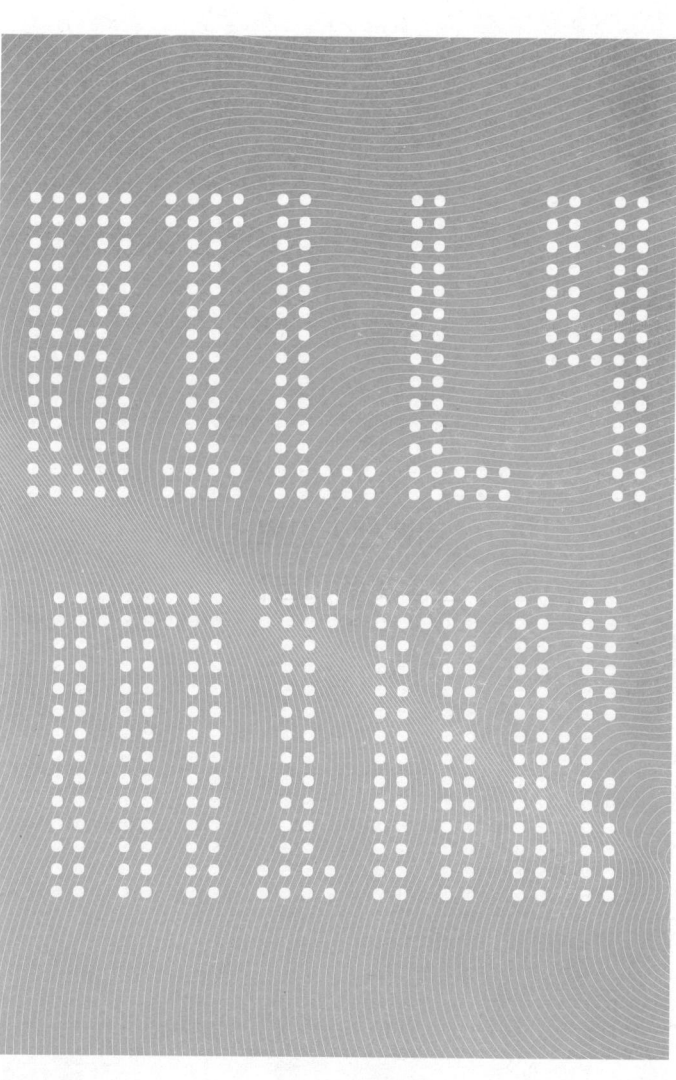

第八章
大谷仓是个贼窝

引诱他人犯罪,
全因贪婪和自私。

简单地探索了谷仓后,水貂比利便决定多待一段时间,但他不知道自己正待在一个贼窝附近。

谷仓是一个真正的贼窝,老鼠罗勃那庞大的家族就住在那里。这个老鼠家族里所有的老鼠都以偷盗为生,因此他们都是不折不扣的强盗。这群强盗在谷仓住久了,了解谷仓里的犄角旮旯,把这里当成了自己的家。

虽然谷仓的主人曾试图消灭或者赶走他们,但他的所有努力都没什么效果。他设过好多种捕鼠器,但老鼠王总能提前发现它们,然后警告族人躲开。他尝试过放灭鼠药,但是老鼠王同样能提前发现放置的地方，然后警告族人不要吃。他还曾让一只猫去抓老鼠们，但老鼠们齐心协力赶走了猫。

这群强盗非常聪明。通常情况下，强盗总是比老实人狡猾。因此，这群老鼠的数量越来越多，越来越肆无忌惮。他们到处打洞，甚至把洞穴打到了农夫的房间里。他们到处偷东西，能偷的绝不放过。春天的时候，他们会咬死刚孵出的小鸡，偷走鸡舍里的鸡蛋。他们胡作非为，大谷仓变得就像一个贼窝。

谷仓里的所有老鼠都属于褐色老鼠，虽然有些大老鼠的皮毛是灰色的，但那只是因为随着年龄增长，皮毛的颜色发生了变化而已。当然，其实并不是所有的老鼠都是坏蛋，譬如这群老鼠里面就有一只诚实、善良的老鼠，叫特德。然而，因为大多数褐色老鼠都很坏，所以褐色老鼠一族的名声特别不好，格林森林和格林牧场的动物们都鄙视他们，人类都憎恶他们。于是，这些老鼠的生存环境越来越糟糕了。因为生存环境越来越糟糕，所以他们更加堕落，很多小老鼠一出生便成了强盗。最终，他们变成了一群不折不扣的强盗，奸诈狡猾，憎恨阳光。不过，不可否认的是，实际上他们非常聪明，尽管人类大肆捕杀他们，但他们的数量却不减反增。在这个世界上，他们算是数量非常庞大的一个种群了。

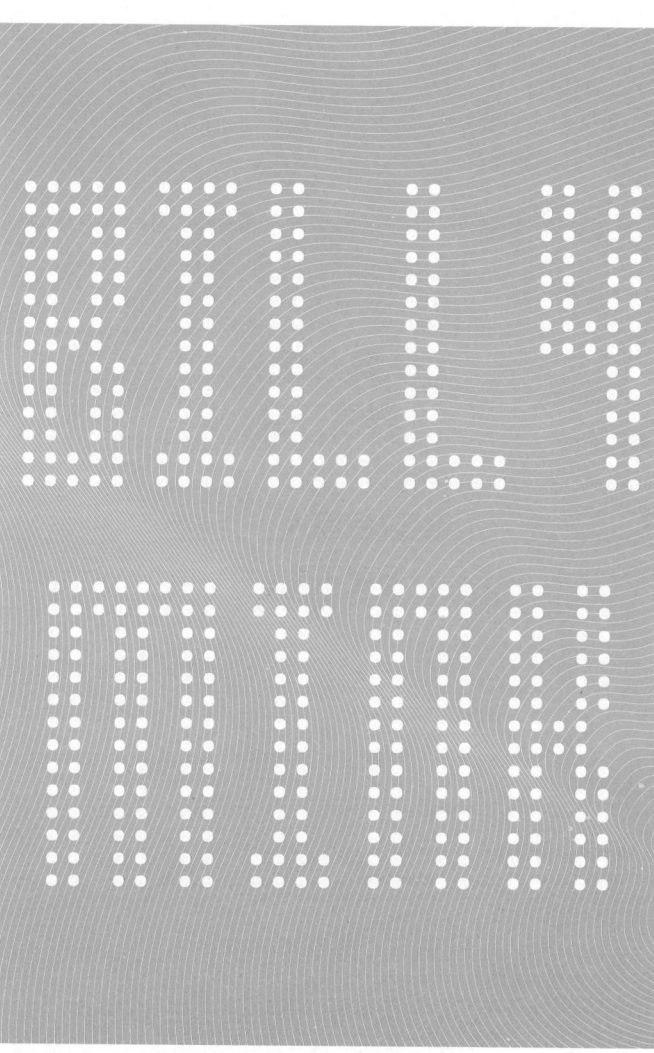

第九章
群鼠开会

以貌取人，
智者不为。

水貂比利一离开谷仓，老鼠王便发话了，他命令所有的老鼠立刻集合。一接到消息，老鼠们纷纷向老鼠王指定的地方跑去。途中，恐惧萦绕在他们的心头。

谷仓里好久都没有这种气氛了，一些小老鼠甚至从来没有经历过这种场面。出生后，他们一直被教导怎么躲开捕鼠器和灭鼠药，所以不怕那些东西；只要他们联手，就可以与猫战斗，所以他们不怕猫；因为农夫本人拿他们没办法，所以他们更不怕农夫。可是现在，一个身材修长、褐色的敌人大胆地闯入了他们的"家园"，四处乱窜，还杀死了他们的一个同胞，这让他们害怕极了。虽然一直生活在谷仓里的大部分老鼠都不知道水貂比利,但看到那些上了年纪的灰色大老鼠很恐惧,那些年轻的老鼠们也莫名地害怕起来。因此,在赶往指定地点的时候,他们还时不时地看看身后,总害怕那个家伙会突然出现。

所有的老鼠都到齐后,灰色的老鼠王说:"我今天叫你们来,是为了集思广益,制定对策。一个可怕的敌人出现了。你们都知道了,我们的一个同伴已经被他杀死了。他刚才已经离开了谷仓,我们暂时安全了,但等他饿的时候,他还会回来的。"

一个小老鼠问道:"他是谁?他到底是谁?我看他的体型比我们大不了多少,如果我们并肩作战的话,我觉得我们没必要怕他。之前,我们可是齐心协力把那只猫赶了出去,那只猫的体型可比这个家伙大多了。"

老鼠王神情严肃地说:"他是水貂比利。"

一只中等身材的老鼠问:"水貂比利是谁?"

老鼠王回答道:"他来自鼬鼠家族,这个家族的所有成员都是我们的敌人,而且比其他敌人更可怕,我觉得,下一个碰到他的老鼠也必死无疑。"

一只小老鼠问道:"在他来的时候,我们为什么不能藏起来呢?以前我们都是这么干的呀。"

老鼠王很肯定地说:"除非他犯了大错误,否则,你不可能逃脱他的追捕。"

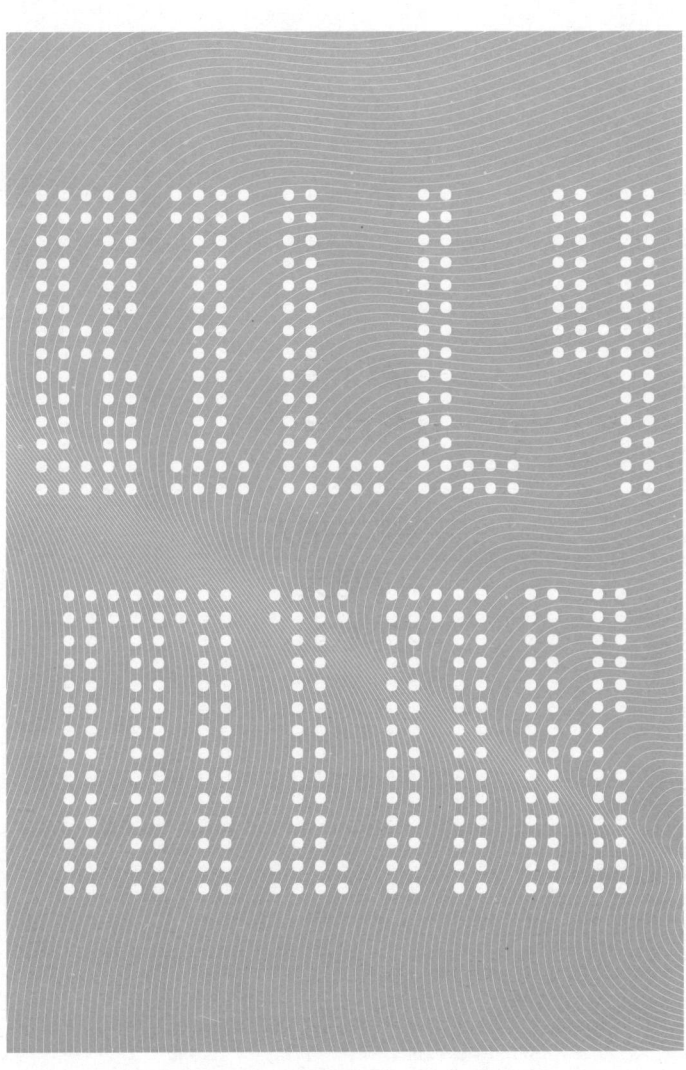

第十章
无知者无畏

爱吹牛的人
外表强大,
内心软弱。

虽然老鼠王否定了那只小老鼠关于藏起来的建议，但其他小老鼠却一致认为这个建议是可行的。他们一直为自己知道谷仓里所有的藏身之处而自豪。在此之前，他们从来没有见过其他动物能够进入他们的藏身之处。因此，老鼠王说完否定的话后，小老鼠们便立刻要求他解释一下。

老鼠王环顾四周，看了看所有老鼠，他既看到了年长的灰色大老鼠，又看到了皮毛色泽光滑的青壮年老鼠，还看到了褐色皮毛的小老鼠。他一边扫视，一边统计数量，脑海中还浮现出水貂比利杀死那只大老鼠的场景。

他能看出，年长的大老鼠们个个愁容满面，因为他们和他一样，知道水貂比利有多么危险。但那些小老鼠却完全没有这个顾虑，个个信心十足，自信甚至自负地认为有把握照顾好自己。他们还没有碰到过像水貂比利这么强大的敌人，所以根本不相信这个世界上会有这样的敌人。

最后，老鼠王缓缓地说道："小家伙儿们，如果你们觉得自己可以在这个敌人面前躲起来的话，那你们就真是太无知了。我知道你们不害怕小猫小狗，因为你们可以藏到他们够不着、进不去的地方。但这个水貂比利可不一样，他能进入我们的窝，可以到任何犄角旮旯里追你，而且不管多小的地方，他都可以进去。"

突然，一只年轻的老鼠打断了他的话："如果他没有提前看到我们躲藏的地方，他怎么能够发现我们呢？"

老鼠王反驳道:"水貂比利根本不需要看到你们,你们的身上会散发出一种气味,他可以用他那异常灵敏的鼻子循着气味找到你们。他跑得比你们快,耐力比你们强,因此,只要他想抓你,你就死定了。他的战斗力也特别强悍,我们中最厉害的老鼠也不是他的对手。可以说,他是我们迄今为止所遇到的最强大的敌人。我召你们来,就是为了告诉你们实情。现在,我们需要集思广益,找出一个好办法来对付他。"

有那么一会儿,全场鸦雀无声。没有听到老鼠王的话之前,那些小老鼠只是受大老鼠们的感染而有点儿不安,现在他们可是真的害怕。最后,一只身上有伤疤的老鼠说:"我认为,我们只能跟他拼个你死我活。虽然我们没办法跟他单打独斗,但我们可以一起上。我提议,当他下次再出现时,我们大家一起赶走他。"

最终,所有的年轻老鼠都同意了这只老鼠的建议。主意定了,他们的心里舒畅多了。上了年纪的大老鼠依然忧心忡忡,因为他们觉得这个主意未必可行。但年轻的老鼠们可不这么认为,他们夸口道:"之前农夫的那只猫不都被我们赶走了吗?这个新来的敌人还没有那只猫大呢,有什么可怕的!"

接着,他们七嘴八舌地讨论起来——下次水貂比利出现时,他们应该怎么做。其中一只年轻的老鼠大言不惭地说道:"我才不怕他呢!"另一只年轻的老鼠也随即附和道:"我也是!"其他年轻的老鼠也和他们一样夸夸其谈。

看到他们这个样子,那只灰色的老鼠王摇了摇头,满腹疑虑地说道:"自信是没错,但光说大话可赢不了战斗。如果想继续以这个谷仓为家,我们就得制订具体、可行的方案。光把他赶走可不行,说不定他还会突然杀回来。所以,我们必须得选几只机灵的老鼠去站岗,一旦水貂比利出现,他们马上发出警报。听到警报后,我们所有人立刻一起行动。我刚才已经说过了,如果单打独斗的话,我们当中最厉害的老鼠也不是他的对手。"于是,老鼠王便选了几只机灵的老鼠去各个洞口站岗,还选出几个替补的岗哨,让他们在那几只站岗的老鼠外出寻找食物时继续站岗。

布置完这些事情后,所有的老鼠都回去了。一些老鼠钻进了谷仓下面的洞里,一些老鼠钻进了谷仓中的某个地方,还有一些老鼠钻进了谷仓上面的干草里。虽然那些大老鼠还是忐忑不安,但年轻的老鼠却不再担心什么了,他们甚至希望水貂比利快点儿出现,这样就可以展现他们的勇敢了。当然了,他们根本没有想到,自己可能会命丧黄泉。

与此同时,水貂比利正在小窝里安睡呢。他做了一个美梦,梦见自己在追赶老鼠。对他来说,这的确是个美梦,但对谷仓里的老鼠来说,这可不是什么好事儿。世上的事情就是这么有趣,水貂比利的美梦便是老鼠的噩梦。

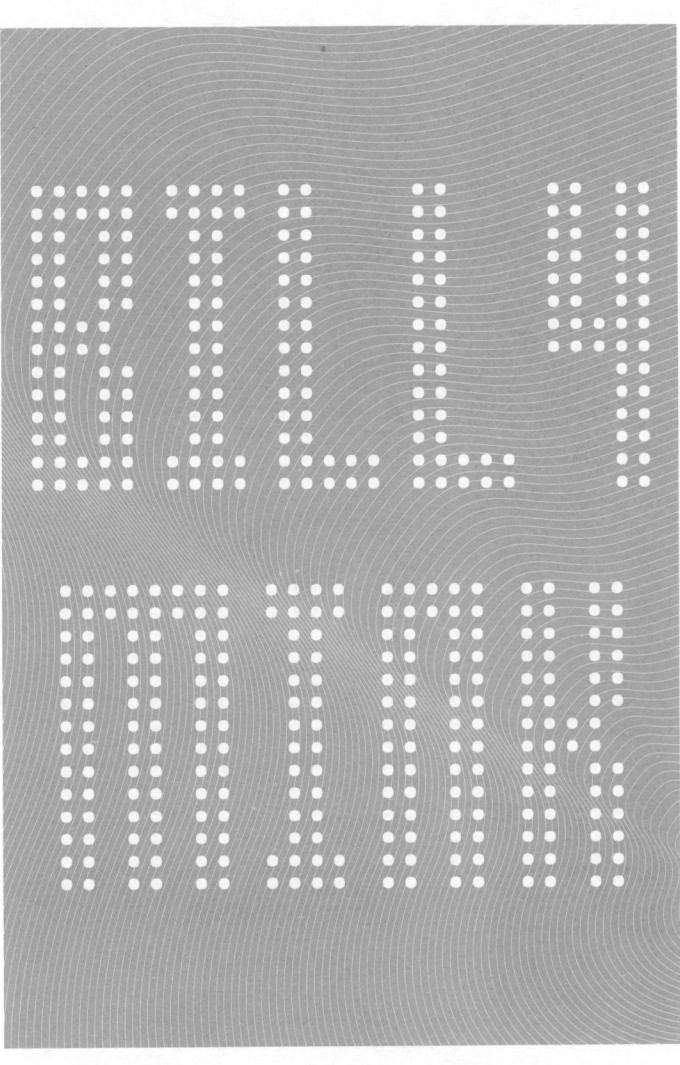

第十一章
老鼠的计划失败了

恶人不爱光明,
偏爱黑暗。

此刻，谷仓里的老鼠王特别烦躁，茶饭不思，因为他确信水貂比利还会回来。但在年轻的老鼠们眼里，老鼠王纯粹是庸人自扰，不就是一个敌人嘛，有什么可担心的。因此，他们仍如往常一样我行我素，该偷的偷，该抢的抢。不过，谷仓的各个洞口的确都安排了站岗的老鼠，他们可不想再被偷袭一次。

或许是因为老鼠们做的事情都见不得天日，所以他们喜欢黑暗，不喜欢阳光，他们是日出而息，日落而作，跟人类恰好相反。老谋深算的老鼠王要求站岗的老鼠日夜轮换，虽然他觉得水貂比利可能不想被农夫发现，不会在白天来谷仓，但他也知道水貂比利的行动通常出其不意,他必须做好万全的准备。

老鼠王心想:"水貂比利可能会睡一整天,但我有预感,天一黑,他一定会再来谷仓。"然而,天还没黑,站岗的老鼠便发出了警报。

其实对水貂比利来说,白天和黑夜没有多少区别,无论白天还是黑夜,他都是困了就睡,睡醒后有精神了就四处活动。那天,水貂比利下午就醒了,醒来之后,他觉得有点儿饿,便准备去谷仓那里捕猎。

如果是只老鼠,可能会在木材堆里待到天黑才出来,但他是水貂比利,坚信自己能照顾好自己。这次他决定在白天行动。水貂比利确定外面没有人后,他便"嗖"的一下钻了出来,迅速跑到了谷仓那里。不一会儿,他便出现在了谷仓下面。这时,一只站岗的老鼠发现了他,立刻发出警报。警报迅速在老鼠中传开,很快,所有的老鼠都知道水貂比利来了。

你或许还记得,群鼠之前决定,如果水貂比利再来，他们就一拥而上，凭着数量优势打败他。这个主意的确不错，水貂比利或许可以收拾一两只老鼠，但要同时对付那么多老鼠，他的胜算不大。

在讨论这个计划时，那些年轻的老鼠个个口出狂言，仿佛真的会跟水貂比利拼命似的。不过，那个狡猾的、见多识广的老鼠王却不相信，他知道老鼠天生害怕水貂。在真正面对水貂比利的时候，那些之前还大言不惭的年轻老鼠很可能会害怕得要死。恐惧会吞噬掉他们的勇气，他们会暴露出懦夫的本质。不过老鼠王没有表露出自己的疑虑，因为他明白现在那些家伙根本听不进去他的劝告。

老鼠王自己倒不是懦夫，如果是懦夫的话，他也不会成为群盗之主。因此，一听到警报，老鼠王立刻爬出自己休息的地方，准备领导年轻的老鼠们按照既定方案战斗。可是，刚走出自己休息的地方，他便碰到了一只年轻的老鼠。老鼠王还记得，这个家伙曾夸下海口,现在却正仓皇逃跑,边跑边尖叫。接着,之前那些"勇敢"的年轻的老鼠都跟在这家伙的后面,疯狂地逃跑,尖叫声更是此起彼伏。

老鼠王知道,自己最担心的事情还是发生了,水貂比利的出现唤起了老鼠对水貂与生俱来的恐惧。这些家伙已经吓破了胆,现在老鼠王也无法将他们组织起来,他们之前那个准备击败水貂比利的计划也泡汤了。现在,恐怕没有一只老鼠敢正面向水貂比利挑战了吧。

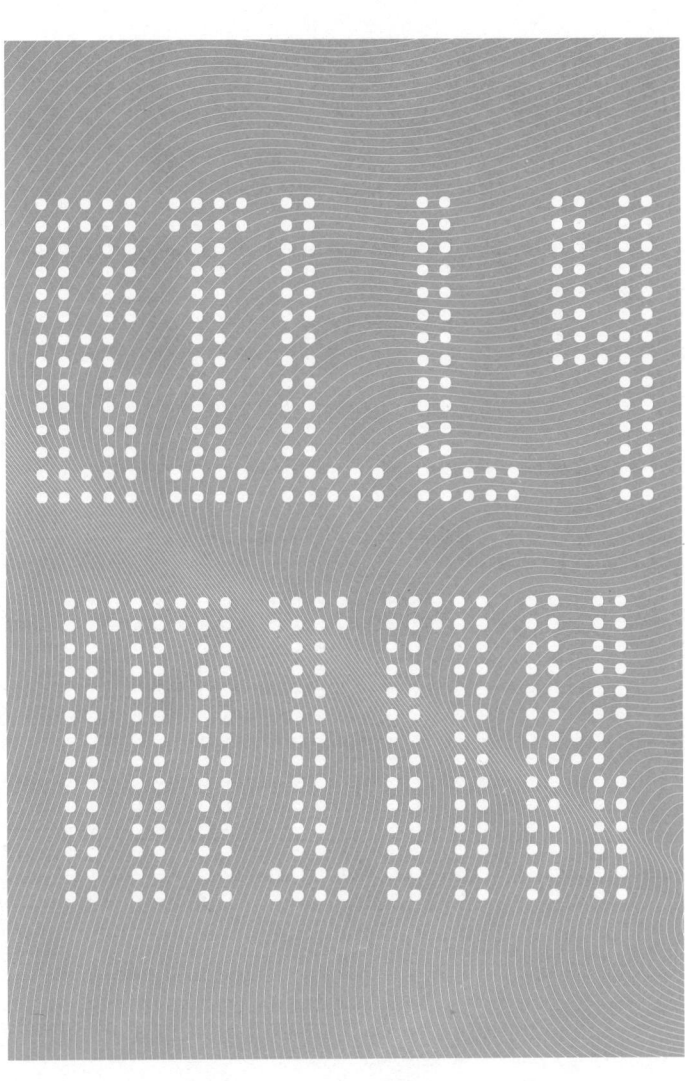

第十二章
老鼠王的提议

强中自有强中手,
不要轻易夸海口。

对水貂比利来说，这次谷仓之行只是一次偶然的快乐之旅，但对生活在谷仓里的老鼠们来说，水貂比利的到来却是晴天霹雳。

进入谷仓后，水貂比利追赶着老鼠们，听着他们慌乱地四处逃窜时发出的奔跑声和尖叫声，凭着自己灵敏的嗅觉，找到了他们最隐秘的藏身之处。很快他捉到了三只老鼠，当然，如果他愿意的话，可以捉到更多。饱餐一顿后，水貂比利没有回自己木材堆下的卧室，而是蜷缩在谷仓某个黑暗角落的干草堆里休息了一会儿。那个干草堆很舒服，而且在这里休息好后，他便可以立刻开始捕猎。

很快，老鼠们也知道了水貂比利的位置，因为一只老鼠在经过干草堆附近时闻到了他的气味。这个消息很快便传遍了老鼠群。于是，老鼠王说道："现在正是时候，机会难得，我们一起上吧，谁和我一起去？"

没有一只老鼠应和他。见此情景，老鼠王无奈地摇摇头说："你们都是懦夫啊，既然没有人敢和我一起去攻击水貂比利的话，那么，我们只有一条路可走了。"

一只年轻的老鼠吱吱地问道："什么路？"之前，他可是那个声音最大、吹嘘自己最勇敢的家伙。

老鼠王说道："我们只能离开谷仓了，因为继续待在这里，我们只有死路一条。首先，水貂比利一觉醒来，就会继续追捕我们；其次，即使他离开了，过段时间他还会再回来。因此，趁着他睡觉，我们尽快离开。不能再浪费时间了，我们必须在他醒来之前逃到安全的地方。如果现在不离开，等他醒了，我们就再也没有逃离的机会了。"

老鼠们又开始叽叽喳喳地讨论起来,他们都知道老鼠王说得没错,但他们能去哪儿呢?现在是冬季,外面冰天雪地,他们必须找一个既能遮风挡雪,食物又充足的地方,这样的地方可不好找。如果贸然出去,估计过不了多长时间,他们便会冻死或者饿死。

一些老鼠持这样的观点,一些老鼠又持那样的观点,于是,他们便七嘴八舌地争论起来。最后,所有的老鼠都看向了他们的王,他们相信他的智慧,所以,他们决定听他的。

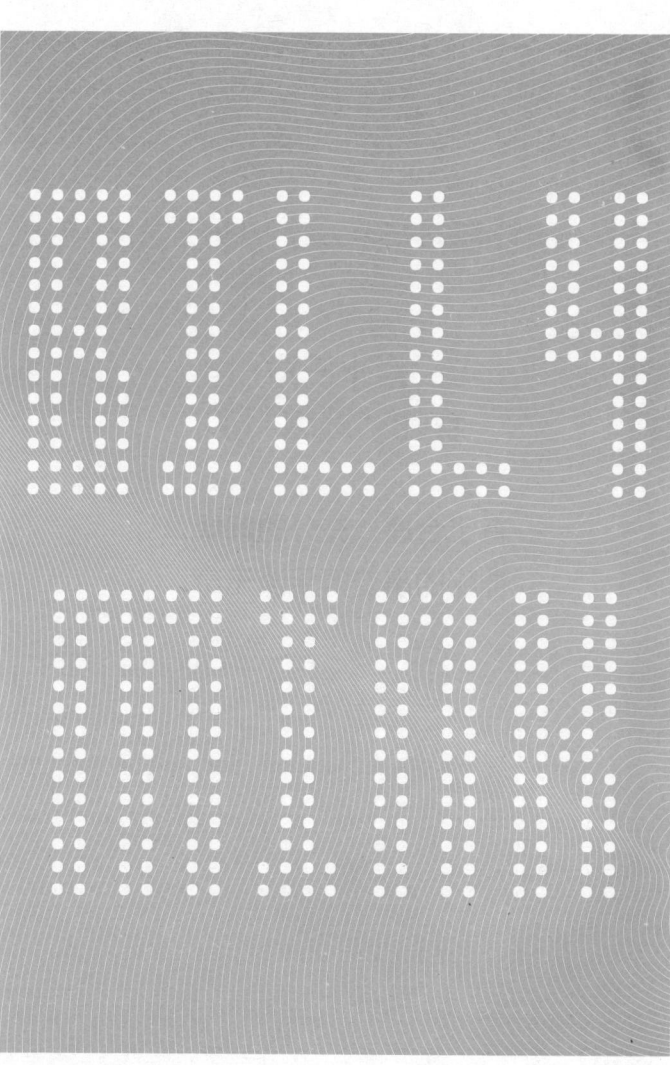

第十三章
食物"逃跑"了

有了合理、充分的解释,
神秘的事变得平淡无奇。

睁开眼睛后，有那么一瞬间，水貂比利有点儿迷糊，他觉得周围的一切都很陌生、很奇怪，他不知道自己身在何处。突然，他想起来了，这里是谷仓，自己正蜷缩在谷仓的干草堆里。于是，他打了个哈欠，伸了伸腿，又睡着了。入睡之前，他还在想，一会儿是去别的地方再睡一觉呢，还是在这里狩猎呢？

　　再次醒来后，水貂比利还不饿，他想："既然现在我在谷仓，那么，我不妨先了解一下这里面的构造，这方面的知识总是用时方恨少。况且我还想知道老鼠们住在哪里，想看看他们看到我后会怎样尖叫，怎样逃跑。"回想起之前两次捕捉老鼠时的情景，水貂比利不禁咯咯地笑道:"捉老鼠真是太有趣了。"

水貂比利懒洋洋地起了身,挠了挠后背,便开始探索谷仓。没过多久,他便闻到了老鼠的气味。他满脑子都是追赶老鼠的场面。对他来说,这是一个捉迷藏的游戏,但对老鼠们来说,他们要付出的却是生命的代价。

水貂比利循着气味前进,最终来到了一些盒子下面,里面有个用破布、废纸盒和其他垃圾做成的小窝。水貂比利觉得,即使里面没有上了年纪的大老鼠或年轻的老鼠,也会有几只幼鼠,因为他知道刚出生不久的幼鼠一般都待在老鼠窝里。于是,他便直接钻了进去。可是,进去之后,水貂比利大吃一惊,里面居然没有一只老鼠。他的鼻子告诉他,不久之前,这里还有老鼠。搜寻了一会儿后,水貂比利发现了一条通向别处的小路。他沿着这条路往前走,下了楼梯,来到谷仓下面的一个洞里。钻过洞,他便来到了地面上,出现在谷仓的大门口。

水貂比利惊讶地说道:"哈!这可真奇怪。"他又四处看了看,发现谷仓门口留有许多脚印。闻着老鼠们留下的气味,看着老鼠们留下的脚印,水貂比利知道,那群老鼠搬走了,而且再也不会回来了。

水貂比利嘀咕道:"看来我的食物都'逃跑'了呀。"他又去谷仓里搜索了一番。这次他的鼻子没有放过任何一个洞口、任何一个裂缝。最终,他的确发现了很多老鼠窝,却没有看见一只老鼠。

现在,这个谷仓里一只老鼠都没有了!水貂比利记得自己去睡觉时,这里还有很多老鼠呢;他记得自己睡得迷迷糊糊时,还听到有老鼠在他周围吱吱地乱叫呢。现在这种情况真让他惊讶啊!

在谷仓搜索一番后,水貂比利一无所获,虽然谷仓里到处都是老鼠的气味,但真的没有一只老鼠。沿着一条条小路追踪老鼠们留下的痕迹时,水貂比利好几次都来到了谷仓的门口。很明显,所有的老鼠都离开了谷仓,往同一个方向逃走了。

水貂比利想:"看来他们真的搬到别处去了,因为我吓坏了他们,所以他们不敢在这里继续住下去了。都走了,所有的老鼠都走了,我一个人待在这么大的一个谷仓里实在无聊。我得去追他们,他们逃到哪儿,我就追到哪儿。他们就是一伙强盗,丑陋,肮脏,一无是处。他们的繁殖速度特别快,一生就是一大窝。这样下去,他们会严重影响别人的生活,我得去追他们。"

于是,水貂比利小心地钻出谷仓,接着他惊讶地眨了眨眼睛,只见外面白茫茫的一片,看不到一个脚印,原来天上下雪了呀。大雪已经下了一段时间,盖住了老鼠们留下的脚印,遮掩了他们留下的气味,所以水貂比利现在既看不到他们的脚印,又闻不到他们的气味了。看着白茫茫的积雪,水貂比利舔了舔嘴唇,不知道该怎么办。

他自言自语道:"我还不了解这个地方,所以我不知道该去哪儿找那些老鼠。不过,我才来几天,只了解谷仓、鸡舍和中间的木材堆。他们会不会搬到木材堆下面或者鸡舍下面去呢?如果躲在木材堆下面,他们便可以很方便地偷鸡蛋和小鸡了。老鼠本来就是干这些勾当的,我以前就碰到过这样的事情,他们把小鸡害死了,还害得鸡妈妈指责我和臭鼬吉米。我恨老鼠,我认识的朋友都恨老鼠,人类和几乎所有的动物都恨老鼠。嗯,我还是去了解了解情况吧。"

于是,水貂比利先去了木材堆下面,然后又去了鸡舍那里,可是在这两个地方,他都没有闻到老鼠的气味。

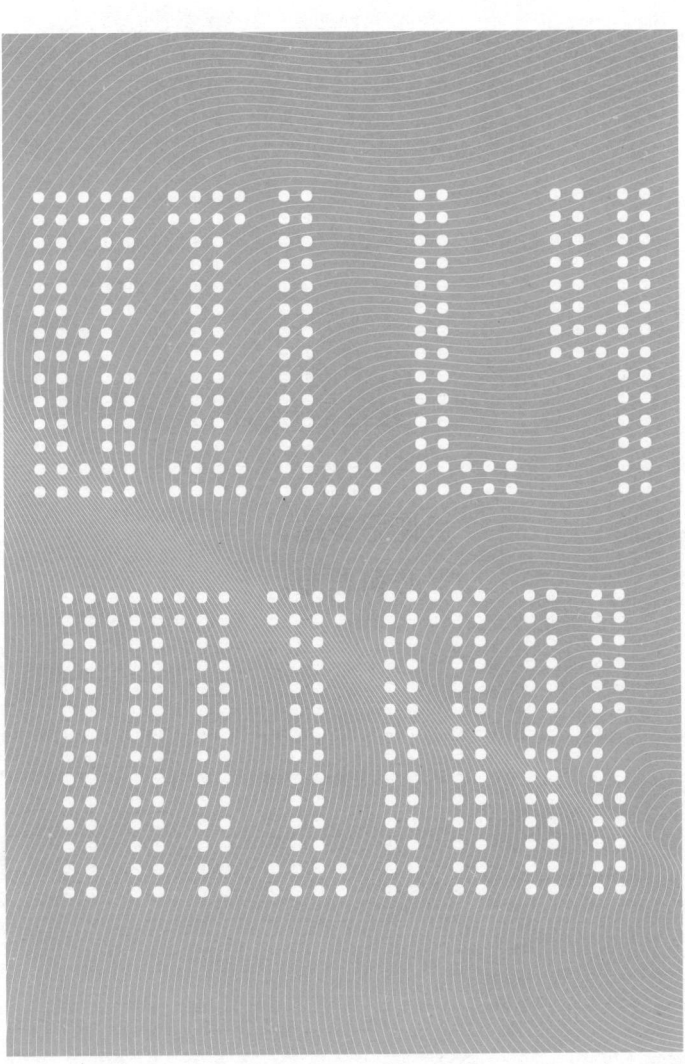

第十四章
农舍危机

作恶多端,
必有恶报。

虽然水貂比利不知道那些老鼠逃到了哪里,但谷仓的主人知道,因为农夫和他的家人亲眼看到了老鼠们。没错,老鼠们搬到农舍里去了。

原来,聪明的老鼠王知道,目前,最安全的地方就是农舍了。首先,农舍很大,有很多藏身之处,还有充足的食物;其次,他知道水貂比利很害怕人类,所以一般情况下,水貂比利根本不会进入农舍。因此,对老鼠们来说,农舍是一个既安全又舒适的新家。因为下了大雪,水貂比利失去了老鼠们的线索,所以,正当他费尽心力地在木材堆下面和鸡舍里搜寻时,老鼠们却在农舍里逍遥自在。

搬到农舍后,老鼠们安顿好幼鼠——他们在人类的阁楼里找到了很好的藏身之处。你知道,人们的阁楼里大多放着箱子、盒子、纸张和其他乱七八糟的东西,老鼠们就喜欢这样的地方,就喜欢这些东西。母鼠们咬碎了废纸,用阁楼主人的旧衣服做了窝——对她们来说,废纸和旧衣服可是做窝的好材料。之后,她们把窝安置在箱子和盒子后面黑暗的地方。公鼠们忙着寻找食物,肆无忌惮地爬来爬去,爬到墙上和房梁上,很快,他们就找到了这家主人的储藏室,开始打洞,直接通到储藏室里。

其间,老鼠们制造出不小的噪声,农夫和他的妻子既能听到老鼠在阁楼上跑动的声音,又能听到一些微弱的叫声,还能听到老鼠打洞的沙沙声。农夫大喊道:"天啊,是不是谷仓里的老鼠都搬到这里来了!"

几天后,农夫终于确定,这些老鼠真的全部搬离了谷仓,搬到了他的农舍里。之前在谷仓时,这些老鼠便肆意妄为，现在来到了农舍里，就更加肆无忌惮了。

虽然农夫动用了家里所有的捕鼠器，设在阁楼上、储藏室里和柴房中，还在老鼠们常去的地方放了灭鼠药，但一切都是白费力气。老鼠们非常了解捕鼠器，而且老鼠王总是怀疑那些可以轻易拿到的食物，专门警告老鼠们不要去动那些东西。虽然农夫一家很努力地堵老鼠们在墙里打的洞，但这边刚堵住，那边又会出现更多的洞。

农夫和他的妻子快要崩溃了，虽然用尽了各种办法，但他们就是赶不走老鼠。而且老鼠们经常跳进地窖里偷蔬菜，农夫的妻子甚至不敢一个人下到地窖里去，她怕被老鼠咬到，因为老鼠的身上有病毒。

过了一阵儿，农夫突然意识到，老鼠们突然搬离谷仓，搬到农舍，一定有原因。前面说过，为了把老鼠们赶出谷仓，农夫想尽了办法，但收效不大。现在，老鼠们却突然搬离谷仓,所以他估计,可能是谷仓那里发生了让老鼠们害怕的事情。农夫说道:"真希望我能查出老鼠们搬离谷仓的原因,或许我可以用同样的方法把他们赶出农舍。"

他的妻子附和道:"我也希望你能做到!现在,那些老鼠越来越大胆、越来越猖狂了,大白天的时候,他们就敢在储藏室乱窜,根本不怕我。为了保护食物,我只能把食物藏进带盖子的罐子里。可是即使如此,他们也会想办法弄掉上面的盖子,偷走我们的东西。天哪!你不知道,他们进了面粉桶,弄坏牛奶,偷走鸡蛋,简直无恶不作。晚上他们还在阁楼上、墙壁里跑来跑去,吵得我睡不着觉。我真是受不了这些老鼠。"

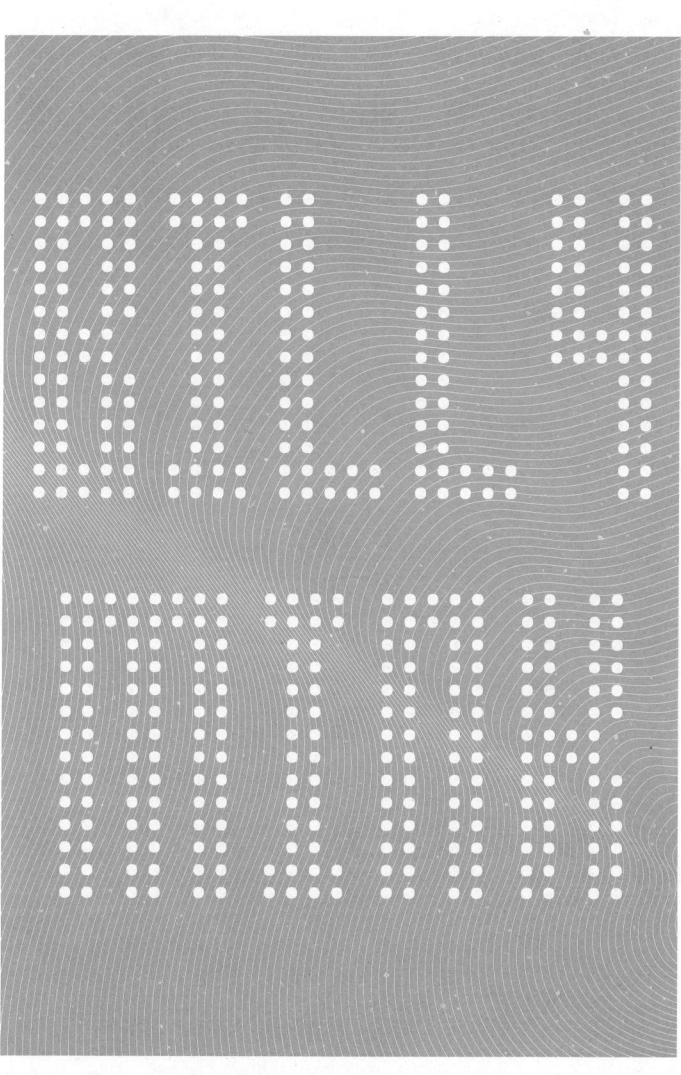

第十五章
老鼠引发火灾

小不慎,
招灾祸。

老鼠天生就是强盗,他们不仅偷食物,还偷其他的东西,不管有用没用。这不,一只年轻的老鼠偷了农夫家里的火柴,放到了自己的窝里。后来,在窝里闲着没事干的时候,那只年轻的老鼠竟然啃起了火柴。他尖利的牙齿和火柴摩擦,擦出了火花,火花又引燃了其他东西。

火着起来了,吓坏了这只年轻的老鼠。老鼠很怕火,其实不只是老鼠,格林森林和格林牧场的其他小动物也怕火——所有的动物都怕火。前面说过,老鼠窝主要由废纸和破布做成,这两样东西特别易燃。另外,老鼠们所在的阁楼有很多木地板,而且因为使用了很长时间，木地板非常干燥。于是，一眨眼的工夫，整个阁楼陷入了火海。所有的老鼠都吓得躲进了农舍里。

浓烟从门口涌出，被正在谷仓前空地上干活的农夫看见了。他立刻跑回去灭火。他妻子帮着接通水泵。起初，火势很大，农夫的房子似乎要毁于一旦了。但农夫和妻子一开始往火上浇水，火势便慢慢变小了。最后，大火终于被扑灭了。这时，农夫和妻子坐下来休息。农夫叹道："大白天怎么会发生火灾呢？"

他的妻子说："我也不知道，当时我正在楼上呢。柴房里也没有易燃的东西，你觉得会不会有人故意纵火？"

农夫摇了摇头，说："不会的，我亲眼看到，大火是从阁楼里蔓延出来的。"突然，他明白了什么似的，生气地大喊道："我知道是怎么回事了！是那群可恶的老鼠干的！我敢保证，一定是他们干的！他们肯定把火柴带到了自己的窝里,啃火柴时弄着了火。看来,我们得尽快赶走或者杀死那些老鼠,要不然,恐怕连个住的地方都没有了。虽然我还不知道该用什么办法杀绝他们,或者赶走他们,但我们不能再等下去了。"

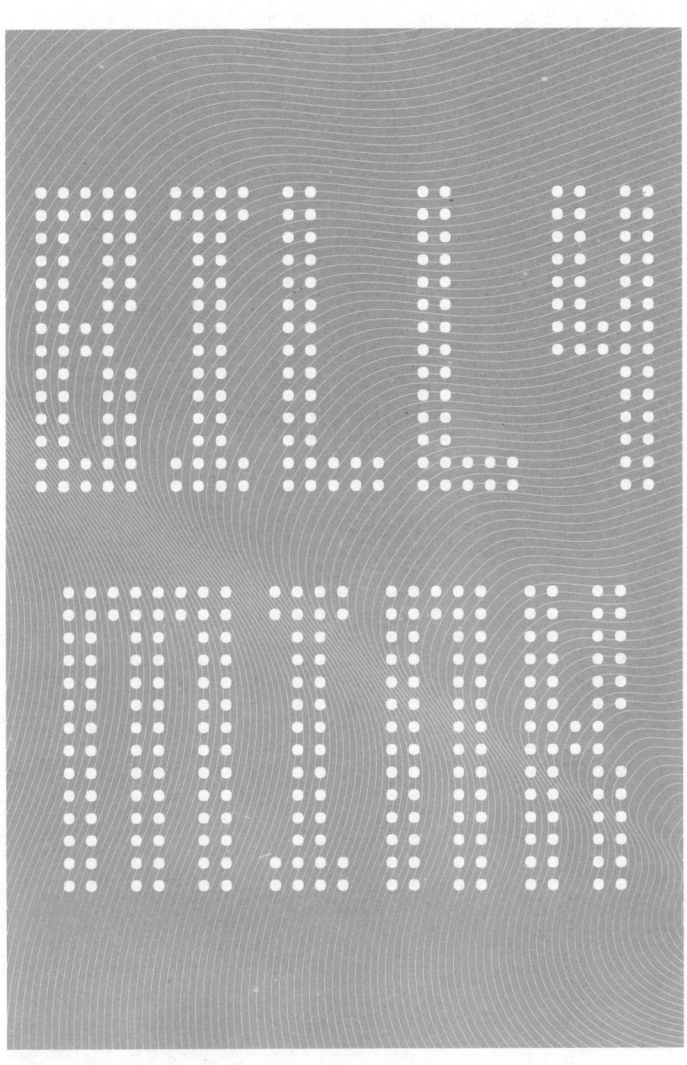

第十六章
水貂比利偷鸡

智者处处小心,
　避开意外,
　保护自己。

老鼠们离开谷仓后,水貂比利发现食物不好找了,于是不得不开始觊觎鸡舍里的母鸡。本来,他不打算偷吃母鸡,因为他不想被农夫发现。他在木材堆里住得很舒服,不想早早地离开,而一旦被农夫发现,不想离开也得离开了。可是,他总得吃东西呀,老鼠们不见了,他只能想办法捉只母鸡充饥了。

　　发生火灾的那天晚上,水貂比利决定捉只母鸡吃。他溜到了鸡舍下面,从之前提过的那个洞里爬到了鸡舍的一个角落。所有的母鸡都在高高的栖木上睡觉,面对这种情况,狐狸雷迪可能会无计可施,但水貂比利可不会因此发愁,因为他可以像松鼠一样爬树。于是，水貂比利轻松地爬到栖木上，在没有惊醒其他母鸡的情况下，捉住了离他最近的一只母鸡。

此时，如果换作水貂比利的表兄鼬鼠沙道的话，他一定会酣畅淋漓地大开杀戒，但水貂比利不这样，他只杀死了一只母鸡，因为一只母鸡已经足够他吃了。吃饱后，他便回到自己在木材堆下的舒适的卧室。

第二天早上喂鸡时，农夫便发现丢了一只母鸡。虽然他不知道是谁杀死了母鸡，但他敢肯定，凶手是个瘦小的家伙。他在鸡舍里转悠了一圈，最终发现了角落里的那个洞。这个洞是老鼠们挖的，这使他怒火中烧。

到了下午，农夫要去谷仓外面的木材堆，结果他碰巧看到身材修长的水貂比利钻进木材堆里。农夫惊叫道："哈哈！我终于知道偷鸡的小贼是谁了。原来我们的木材堆下面有只水貂，昨天晚上的母鸡一定是他偷吃的。水貂呀水貂，你得用你的褐色皮毛来赔偿我的那只母鸡了。"

如果水貂比利知道农夫已经发现了他，他可能会趁夜幕降临时偷偷地溜走，去寻找新的落脚点。可水貂比利并不知道，因此，他仍像前几天那样，无忧无虑地住在那里。他过得太舒服了，就有点儿粗心大意了，要不然他怎么会被农夫发现呢。

到了晚上，他决定再去鸡舍捉只母鸡当晚餐。于是，他按照之前的办法，再次通过那个洞进了鸡舍，来到一个黑暗的角落。但他却有一种不好的预感。他总感觉哪里不太对劲，他那灵敏的鼻子嗅到了空气中某种奇怪的气味。用鼻子反复嗅了嗅，他确定那是人类的气味。水貂比利立刻起了疑心。接着，他发现鸡舍里面有一个陷阱，如果他不注意，很可能会被抓住。水貂比利再也不想吃母鸡了，只想尽快返回谷仓。

刚发现水貂比利那会儿，农夫只想着抓住他，剥下他那身褐色的皮毛——水貂的皮毛很值钱，至少比一只母鸡值钱多了。因此，农夫在鸡舍里设了一个陷阱。不过，这天晚上，农舍里的老鼠比往常猖狂，农夫暂时忘记了水貂比利，全心全意地想着怎么消灭老鼠。后来，当农夫再次想到水貂比利时，他突然明白老鼠们为什么会搬离谷仓、搬到农舍了。他大声喊道："还是因为水貂！"

他的妻子问道："你在说什么？"

农夫回答道："今天下午，我在木材堆那里看到了一只水貂。昨天晚上，他偷吃了咱们的一只母鸡。我想那家伙在这里一定待了一段时间啦，毫无疑问，正是他把那些老鼠赶出谷仓的。你知道，水貂的身材修长，老鼠能去的地方他也能去。我想，因为他的捕杀，老鼠们都害怕了，所以才会灰溜溜地逃出谷仓。那些可恶的强盗认为我们的房子里最安全，就搬到了我们家里。"

过了一会儿，农夫若有所思地说道："一定是这样的,如果谷仓里还有老鼠,水貂是不会去鸡舍偷母鸡的。现在,要么他不知道老鼠搬进了我们家里,要么他不敢进入我们的房子。如果他进了我们的房子,或许可以帮我们赶走那群老鼠。当然了,如果他真的能够帮我们赶走老鼠的话,我一定会原谅他偷吃了我们的母鸡。"

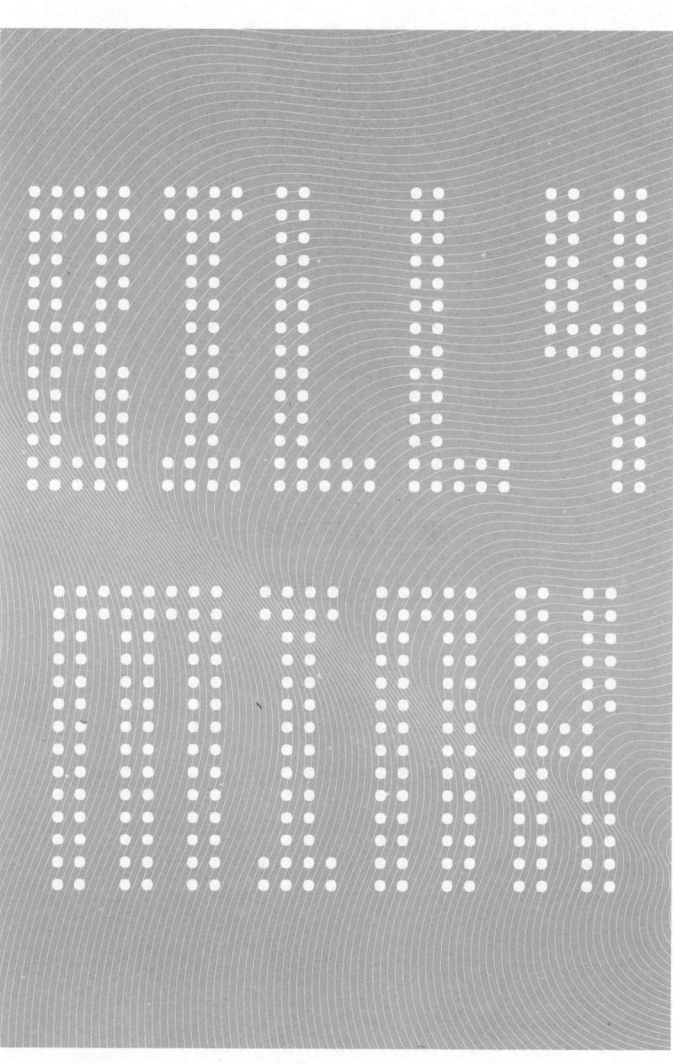

第十七章
和农夫成为朋友

要想收获友谊,
应先付出真情。

现在，农夫已经猜到水貂比利的所作所为了，他苦苦思考了很久，自言自语道："如果我能把那个褐色的家伙带进我们的房子，那就能很好地解决鼠患了。但我该怎么做呢？如果他不知道老鼠们搬到了这里，肯定不会冒险进入我们的房子。如果他不能再进入鸡舍偷鸡，就找不到充足的食物了，过不了多久，他应该就会离开。嗯，看来我得先想办法给他提供食物，好让他继续留在这里。同时，我还得让他知道这些食物是我提供的，消除他的戒心。"

第二天早上，农夫在木材堆旁边放了一些新鲜的肉。水貂比利很快就发现了。当然，他不知道农夫正藏在谷仓里,从墙缝里偷看呢。只见水貂比利从木材堆里钻了出来,闻了闻那些肥肉,在肉的周围转了又转。农夫知道,水貂比利怀疑这是陷阱。不过,水貂比利最后发现,这根本不是陷阱——当然不是啦,农夫这么做可不是为了捉他,而是为了和他交朋友。于是,水貂比利叼起一块肥肉,跳进了木材堆里。几分钟后,他又出来了,还是像以前一样小心谨慎。就这样,一块接一块,最后他把所有的肉都叼进了木材堆里。看到最后一块肉消失,农夫会心地笑了。

农夫知道水貂比利吃饱后会小睡一会儿,而水貂比利也的确是这么做的。不过,在休息前,水貂比利一直在想:为什么那些肥肉唾手可得呢?为什么放在那儿呢?是不是那个农夫故意这么做的?如果真是这样,他希望农夫以后经常这样做。想着想着,他便进入了梦乡。

黄昏时分,水貂比利醒了,他的肚子又饿了。这时，他首先想起了鸡舍里的母鸡，接着想起了鸡舍里的陷阱。因此，他决定不去鸡舍，打算去谷仓看看那些老鼠回来了没有。突然他想起了早上那顿唾手可得的早餐，于是就从木材堆里往外瞥了一眼。其实，他并没有期望再次那么容易得到食物。然而，当他瞥见早上放肉的那个地方又有一堆肥肉时，你可以想象他是多么惊讶啊。他开始怀疑这是农夫专门为自己准备的，这样想着，心里多了一丝对农夫的感激。

现在，水貂比利的生活很幸福。自打出生那天起，他第一次过上了不愁吃喝、不用狩猎的日子。饿了，他只需钻出木材堆，便会看到外面放置的肥肉。

当然，吃完第一天的那两顿肥肉后，他便偷偷地从木材堆里往外瞄，想看看是谁放的。有一天，他发现，农夫从房子里出来，在木材堆附近放了肉，然后带着饲料喂母鸡去了。

农夫送给水貂比利的肉食很丰富，有时是猪肉，有时是鱼肉，总之，都是水貂比利喜欢吃的东西。一次，农夫和妻子吃完鸡肉后，把几个鸡头放在木材堆旁，这可是水貂比利特别喜欢吃的东西。水貂比利就这样幸福地生活着。不知不觉的，他竟然长胖了不少。

日子一天天过去了，水貂比利渐渐不怕那个农夫了，他觉得这个不会伤害他的人是好人。又过了一段时间，水貂比利会在白天大摇大摆地出现在农夫面前，甚至允许农夫靠近他——当时他们之间的距离不过十步。而农夫呢，没做任何可能吓到水貂比利的事情。就这样，他们很快便成了好朋友。

一次，水貂比利想去鸡舍看看。到了鸡舍外面，他发现之前那个可以通到鸡舍里的洞消失了。原来，农夫把它堵上了。于是，水貂比利就不再想进鸡舍这件事了，因为那个洞被堵上后，多想也无益。虽然他可以钻进老鼠洞，但老鼠会打洞，他可不会，他只不过是善于利用别人打好的洞而已。

尽管不能去鸡舍了,但水貂比利并没有失望。他现在不用再为食物发愁了,所以已经很少"惦记"那些母鸡了。过着这种幸福的生活,他觉得自己就像在家里一样自在舒适、无忧无虑——是的,他对这里产生感情了。

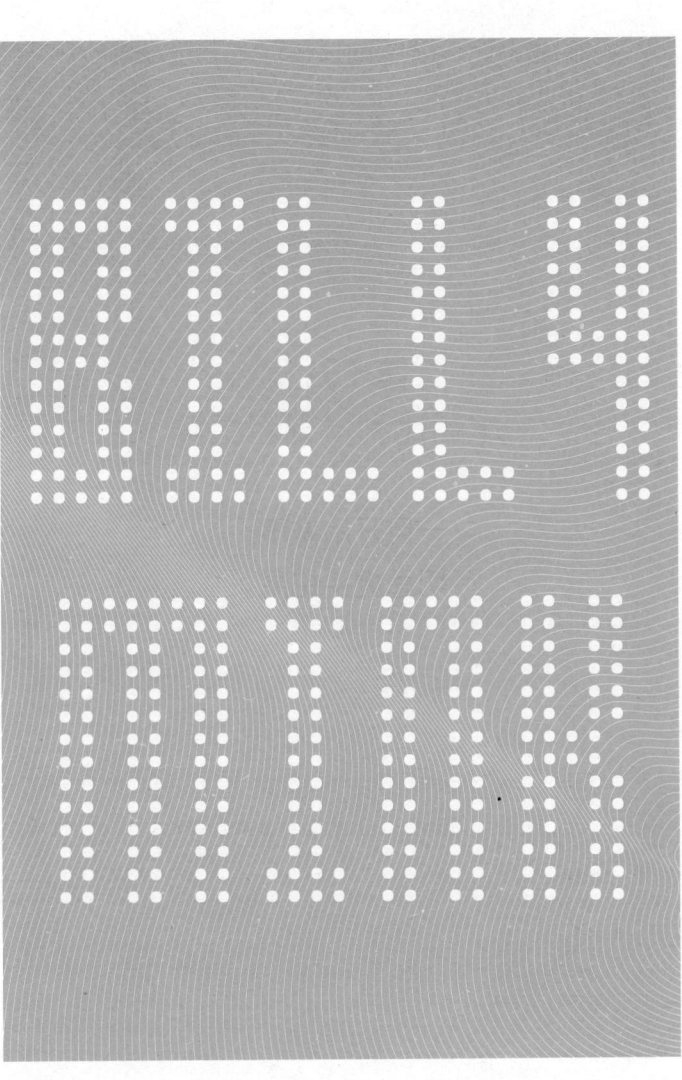

第十八章
水貂比利发现老鼠窝

一旦开始做事,
切忌虎头蛇尾。

因为最近的生活太安逸了,所以这天水貂比利睡过头了。在哈哈溪时他可不会这样。醒来后,他立刻爬到木材堆边往外瞄,希望看到农夫为自己准备的食物,但这次他什么也没有发现。水貂比利已经习惯了饭来张口。他眨巴了几下眼睛,不敢相信没有食物的事实。

不过,实际情况就是如此,之前农夫放置食物的地方没有一点儿肉丝。于是,水貂比利想,是不是有人偷走了他的早餐?爬出木材堆后,他便把鼻子凑到地面上闻了闻,好确定这里有没有放过东西,是不是被人拿走了。毫无疑问,只要那里放过东西,他那灵敏的鼻子肯定能够闻到食物留下的气味。

就在这时,一股死鱼的味道传入了他的鼻子里,他感叹道:"啊,太好闻了!"我们人类或许不喜欢死鱼散发的气味,但对水貂比利来说,死鱼就是美味佳肴,他自然会觉得死鱼的气味很好闻了。接着,水貂比利用鼻子嗅着地面,开始追踪那个气味。

水貂比利已经习惯了在农院的生活,把农院当成了自己的家,觉得这里很安全,所以在追踪气味的时候,根本没有观察四周。他很清楚,这里既没有猎犬,也没有野猫,农院的主人更不会伤害他,所以他完全不用担心自己的安全问题。

没有安全方面的顾虑后,他便开始一门心思地寻找那条死鱼。他非常确定,那条死鱼就是农夫为他准备的食物,只不过它被别人偷走了。水貂比利循着气味,穿过谷仓、前院,最后来到后院的一个房间。这时,他看到,那条死鱼正放在房间里的一个洞口处。

看到死鱼，他两眼放光，立刻扑了上去，开始享用美味。吃鱼的时候，他根本没有想这条鱼为什么会在这里，现在他才不在乎这些事情呢，只要有鱼吃就好了。

吃完鱼，水貂比利又变得懒洋洋的了。他看了看前院的木材堆，又看了看身边的洞。他觉得那个木材堆离得好远，又觉得自己肯定能够在这个洞里找到舒适的地方。于是，他毫不犹豫地钻进了洞里。

钻进那个洞后，水貂比利想找个舒服的地方睡一觉。其实他并不怎么讲究，所以很快就找到一个地方，身子一蜷就睡着了。

醒来后，水貂比利慢慢地想起了之前吃鱼、进洞的事情。他想："既然来到了这里，不妨去里面瞧瞧。"于是，他站了起来，打了个哈欠，伸了伸懒腰，然后向洞穴更里面走去，还不时地吸着鼻子闻一闻气味。

突然，一股熟悉的气味钻进了他的鼻子。他立刻惊叫道:"哈!原来那群老鼠离开谷仓后,藏到了这里。虽然现在我不饿,但我想狩猎了,哎呀,好久没有追逐猎物了。"

说干就干,水貂比利把鼻子凑在地上,闻着气味,开始追踪老鼠。不久,他就发现了老鼠窝。不过,钻进去后,他却没有发现老鼠。根据那里浓烈的气味,水貂比利判断,不久之前,那些老鼠还在窝里待着。原来,就在水貂比利睡觉的时候,这里的老鼠便发现他了,因此这会儿全都躲到农舍里去了。

水貂比利继续追踪气味,来到一个墙洞口。虽然那个地方很奇怪,他以前从来没有钻过那样的洞,但还是毫不犹豫地钻了进去。他知道,凡是老鼠能钻的地方,自己也能轻松地钻过去。他沿着墙里的洞爬呀爬,最后爬到了阁楼里。

刚出洞口,水貂比利便听到了老鼠们的尖叫声以及慌乱跑动的声音。他知道,老鼠们发现自己了。这里的老鼠如此多，这里的气味如此浓烈，老鼠们逃跑时如此混乱，结果水貂比利的鼻子都派不上用场了。

不过，水貂比利还可以用他的耳朵。通过老鼠们害怕的尖叫声和慌乱的跑动声，水貂比利能够轻松地发现他们的位置。虽然阁楼里有很多好东西，但水貂比利没有多看一眼。他的双眼射出了渴望的光芒，现在，他只想捉老鼠。

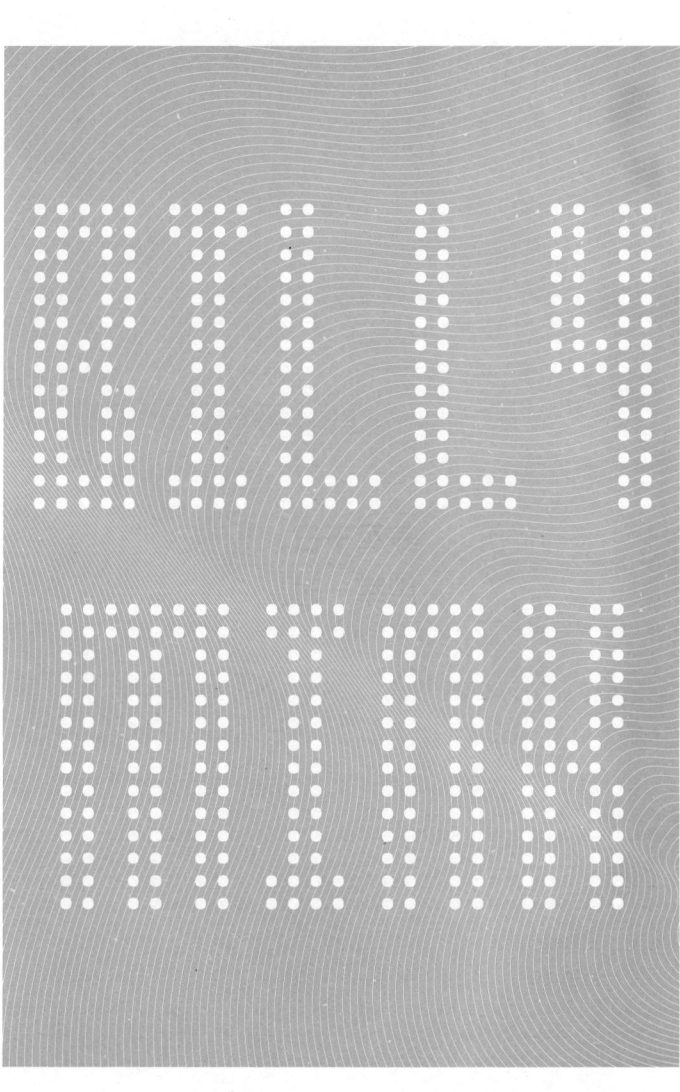

第十九章
鼠患解决了

养军千日,
用军一时。

看到水貂比利进入那个洞后,农夫不禁哈哈大笑。我们知道,他之所以和水貂比利交朋友,就是为了有朝一日能把水貂比利引进自己的房子里。

前几天,农夫一直把为水貂比利准备的食物放在木材堆旁。不过今天早上,他特意用绳子绑上一条大鱼,把鱼从木材堆旁一直拉到那个房间的洞口处。水貂比利醒来,自然就发现了那条鱼留下的气味。而且正如农夫所期望的那样,水貂比利没有任何顾虑地进了房子,钻进了那个洞里。

看到水貂比利进入洞口,农夫希望水貂比利大发神威,像之前把老鼠赶出谷仓那样,把他家里的老鼠赶走。怀着这样的期望，农夫一直在远处观察。可是时间慢慢地过去了，什么都没有发生，他的希望逐渐变为失望。原来，那个时候，吃过一条大鱼后，肚子饱饱的水貂比利正睡大觉呢。只是农夫没有看到水貂比利在睡觉，他还以为水貂比利吃完鱼就悄悄溜到别的地方去了呢。后来，农夫实在等不下去，便去干活了。干活的时候，他还嘀咕着："我真希望那个褐色的家伙能赶走老鼠。"

就在那天稍晚一些的时候，农夫发现，水貂比利钻进去的那个洞里竟然钻出来许多老鼠，有大老鼠、年轻的老鼠，有灰色的老鼠、褐色的老鼠，他还从来没有见过这么多老鼠呢。那些老鼠慌张地尖叫，拼命地奔跑，完全不管地上的积雪，有些跑向了谷仓，有些跑向了木材堆，有些跑去了鸡舍，有些跑去了邻居家。

农夫立刻高兴得大叫起来，他知道，这次自己家的鼠患终于解决了。

　　农夫的朋友水貂比利跟在一只老鼠后面出来了。在一旁观看的农夫知道，那一定是房子里最后一只老鼠了，否则水貂比利是不会出来的。于是，农夫立刻跑回房子，堵上了所有的老鼠洞，断绝了老鼠返回的路。

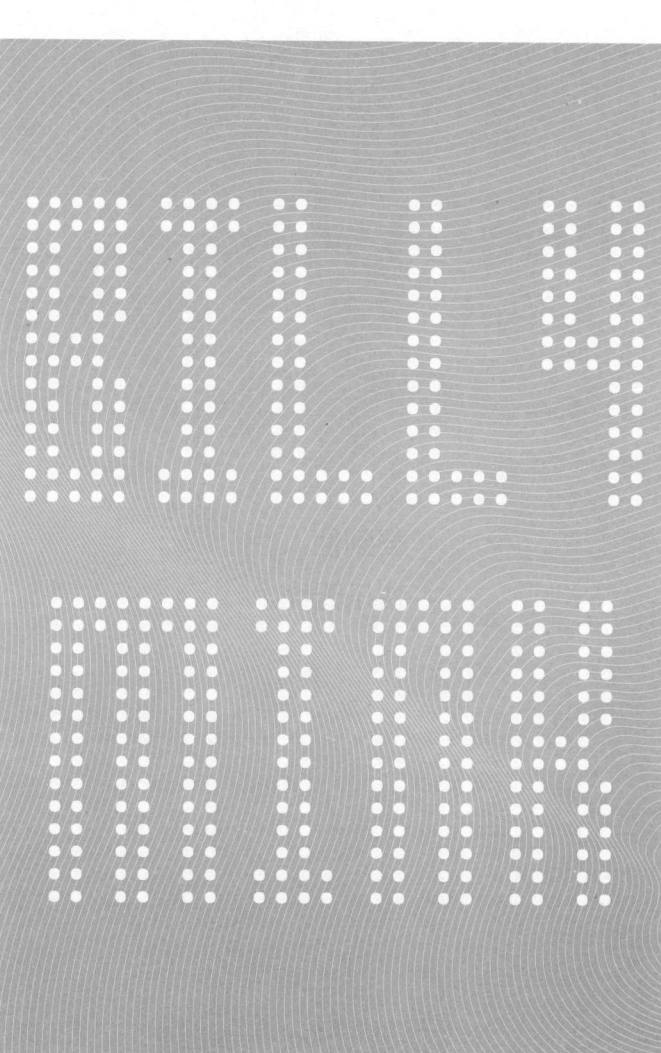

第二十章
水貂比利打道回府

帮到他人,
快乐无比。

走出农夫的房子后,水貂比利朝谷仓跑去。半路上,他抓到了好几只正往谷仓奔逃的老鼠。

在房子里忙完之后,农夫走了出来,走到水貂比利面前说:"褐色的小家伙儿呀,虽然你偷吃了我的一只母鸡,但现在你已经十倍偿还了这笔账。一开始,我还想杀掉你,卖掉你的皮毛,可现在我不仅不想伤害你,还要真诚地感谢。我向你保证,如果你愿意待在这里的话,你可以一直住下去。我觉得,你在这里待得越久,我就越喜欢你。你放心,我会给你提供充足的食物的。"

虽然水貂比利听不懂农夫的话,但他知道,农夫是在向自己表达善意,自己和农夫是朋友,这就够了。

之后,农夫回了房子,水貂比利回了木材堆下面的卧室。钻进木材堆后,他发现里面藏了一些老鼠,于是,又把他们赶了出去。做完这些,他觉得有点儿累了,就在卧室里蜷缩着睡起大觉来。

接下来的几天里,水貂比利走遍了农夫家的前前后后、里里外外,赶走了谷仓里、鸡舍里、木材堆里的所有老鼠。现在,农夫的地盘上真的没有一只老鼠了。农夫喜出望外,都不知道怎么感谢水貂比利。他给水貂比利提供了丰盛的食物,而水貂比利除了吃饭就是睡觉,睡醒之后再吃饭,肚子就没有空过。最后,水貂比利又长胖了,但却变得有点儿不安了。

水貂比利是格林森林和格林牧场最勤快的动物,无所事事的日子他过够了,他渴望一些新鲜刺激的东西。于是,一天晚上,他离开了这个舒适的家,踏上了回哈哈溪和微笑池塘的路,那里才是他真正的家。

他回家的心情特别迫切。当初,他是因为猎人的陷阱才被迫离开的,所以,他想赶快回去,看看老朋友们是否安全。

水貂比利离开后的第二天早上,农夫照常把给他准备的食物放在木材堆旁。但过了好久,农夫发现那些东西根本没有人动。于是,农夫确定水貂比利已经离开了,难过极了。

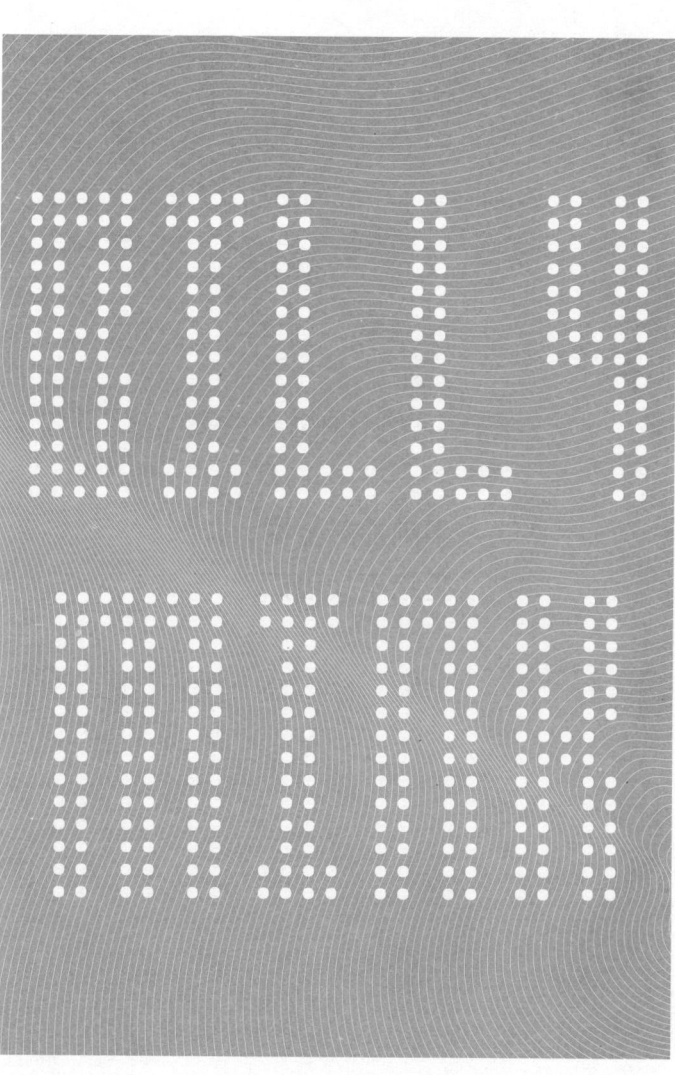

第二十一章
猫头鹰胡提偷袭失败

事前提高警惕,
犯错不找借口。

水貂比利一向是说干就干，绝不拖延，在这一点上，他和格林森林里大多数小动物都不一样。

那天晚上，虽然他突然生发了离开农夫家的念头，但念头刚冒出来，他便付诸行动了。月光皎洁，非常适合外出。水貂比利蹦蹦跳跳、无忧无虑地踏上了回家的路。途中，他非常快活，还时不时停下来，看看经过的洞口、摸摸路过的空心树洞，找找周围有没有什么特别的东西，判断最近是否有人来过。

月光透过水貂比利头顶上的树枝洒到地上，照亮了夜幕，这里才是适合他生活的地方啊。快活的水貂比利时而跑过一片空地，时而从夜幕下穿过。他知道，如果他在黑夜里藏起来,几乎没有什么动物能发现他,况且他也不怕被发现。虽然他有几个死对头,但他不怕。

水貂比利行动敏捷,做事果断,无所畏惧,即使他的死对头出其不意地攻击他,他也可以快速逃跑。因此,水貂比利总是能做自己喜欢的事情,要知道,在格林森林里和格林牧场上,像他这样天不怕地不怕的动物可是很少的。

现在,水貂比利正走在一片空地上。突然,他的眼角瞟见了一个移动的身影。在这种情况下,大部分小动物要么不知所措地愣在那里,要么会很好奇,想看看那个影子是什么。但是水貂比利可不这样。一看到那个身影,他便毫不犹豫地跳到了身旁的灌木丛里。有了灌木丛的保护,他才开始打量那个已经逼近的身影,只见那个家伙气得两眼冒火。是的,猫头鹰胡提在灌木丛外盘旋着,两只黄色的大眼睛紧紧地盯着水貂比利。

猫头鹰胡提说道:"水貂比利,刚才我差点儿就捉到你了。下次我一定会捉住你。"

水貂比利反击道:"猫头鹰胡提,你真是个大言不惭的家伙。以前你都没捉住过我,更别说现在了。你越来越老了,再也捉不住我了。"

说完,水貂比利迅速地跳出了藏身的灌木丛,在猫头鹰胡提还没反应过来时,便跳到了另一个灌木丛里,并朝着猫头鹰胡提哈哈大笑。

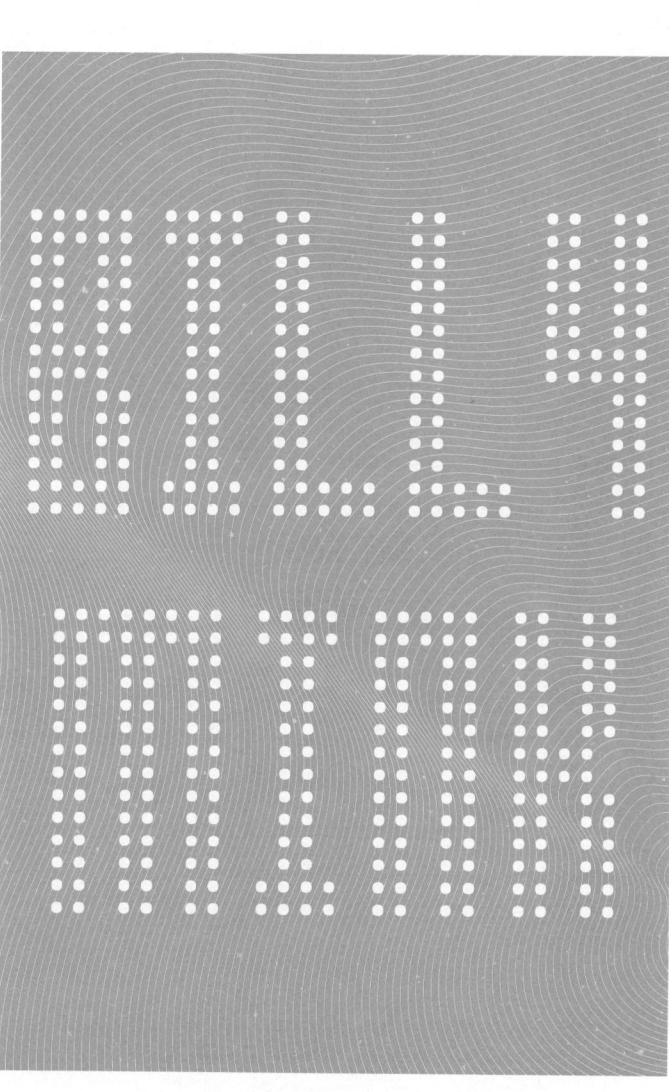

第二十二章
与野兔跳跳赛跑

细节微妙,
不容忽视。

和猫头鹰胡提较量完,水貂比利继续上路。他在格林森林里穿行着,朝着哈哈溪的方向走去。

证明自己比别人聪明后,水貂比利的心情大好。其实,刚才他的处境真的很危险,因为就在他发现猫头鹰胡提的身影时,猫头鹰胡提的尖爪就要抓住他了。如果换作其他动物,他们很难逃脱猫头鹰胡提的尖爪,因为他们没有水貂比利敏捷。但对水貂比利来说,这种情况实在太常见了。在当时那种千钧一发的情况下,他立刻做出了正确的选择,敏捷地跳到了灌木丛里,从而躲过了猫头鹰胡提的袭击。

虽然水貂比利看起来异常轻松,但实际上他一直在小心谨慎地眼观六路、耳听八方。过了一会儿,水貂比利来到一棵铁杉树下,旁边有个白色的雪堆。水貂比利知道,雪堆下面一般都是原木或者土堆,所以,他看也没看白色的雪堆,就径直往前走去。可是,他还没走几步,快乐的小微风追了上来,从他的鼻子上轻轻拂过。他闻到一股熟悉的气味,很快就想起来了,这是野兔跳跳的气味。

虽然水貂比利不知道野兔跳跳身在何处,但他知道,只要循着气味便能很快发现这个猎物。于是,水貂比利吸着鼻子,嗅来嗅去,想尽快找到野兔跳跳。"虽然我还没有发现他,但我知道他就在附近,有个灵敏的鼻子真好啊!如果没有这么灵敏的鼻子,我可真不知道该怎么办。现在,野兔跳跳藏在哪里呢,让我的鼻子来告诉我答案吧。"水貂比利心想。

水貂比利循着气味,径直走向铁杉树下面的一个雪堆。就在他离那个雪堆还有两步时,雪堆突然不见了。是的,那个雪堆突然消失了。原来,那根本不是什么雪堆,而是一只身穿白色衣服的小动物,现在,他正往格林森林里逃呢。

没错,他就是野兔跳跳。

铁杉树下的"雪堆"复活后,水貂比利着实被吓了一跳。虽然水貂比利知道野兔跳跳就在不远处,但周围有太多相似的雪堆,所以他根本没有注意到野兔跳跳。

不过,看到野兔跳跳逃跑后,水貂比利咯咯地笑道:"野兔跳跳居然敢和我开玩笑,如果快乐的小微风没有把他的气味送到我跟前,我应该会一直往前走,根本不会发现他。在这样的环境中,他那白色的皮毛非常容易隐藏。我觉得,他刚才一定一直在偷偷地看着我。当我经过他的身旁而没有发现他时,他一定在偷笑吧。好吧,看看咱们谁能笑到最后,虽然野兔跳跳跑得很快,但我也是格林森林里的跑步健将。现在,我们就来一较高下吧。"说着，水貂比利把鼻子凑在雪地上，闻着野兔跳跳留下的气味，开始追赶。

刚开始奔跑的时候，野兔跳跳的速度可比水貂比利快多了。他之所以叫野兔跳跳，就是因为一旦受到惊吓，他便会跳跃式地奔跑。当然了，如果野兔跳跳是速度快，那么水貂比利就是耐力强。野兔跳跳也知道这一点，所以，跑出第一步时，他就担心被水貂比利追上。

野兔跳跳的担心是有道理的，虽然水貂比利的奔跑速度不如狐狸雷迪或老郊狼，但水貂比利有一个他们都没有的优势，那就是他那修长的身体可以钻进任何一个地方。如果是被狐狸雷迪或老郊狼追赶，野兔跳跳不会像现在这样提心吊胆，因为他可以逃进一些他们到不了的地方，譬如灌木丛下面或荆棘丛里面。可是，这些可以阻挡狐狸雷迪或老郊狼的地方，却拦不住水貂比利。因此，面对水貂比利的追赶，野兔跳跳只能不停地跑啊跑啊，希望可以拉大自己和水貂比利的距离，进而摆脱他。

为了摆脱水貂比利，野兔跳跳想尽了办法，他尽可能地跳跃，而且努力地拉长跳跃的距离，希望水貂比利闻不到自己留下的气味。他还在格林森林里兜圈子，希望把水貂比利绕晕。

这样的奔跑是很容易累的，所以，野兔跳跳会时不时地停下来休息一会儿。可是，每次他刚喘了口气，水貂比利那修长的褐色身影便会出现。这时，他只能再次奔跑，甚至边跑边想：水貂比利是不是不知道累呀？

水貂比利很喜欢这种追逐，尤其喜欢辨别野兔跳跳故意混淆的气味。是的，他在享受捕猎的乐趣。所以，追逐的水貂比利轻松愉快，逃跑的野兔跳跳却度日如年。

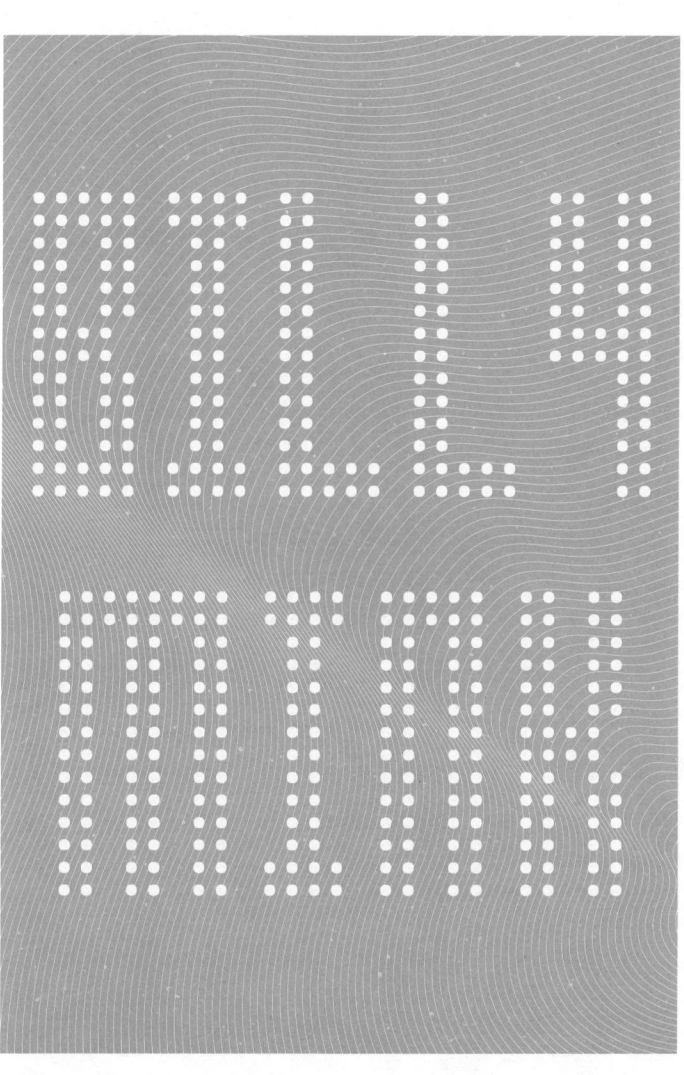

第二十三章
两个敌人

不到最后关头,
不要轻易下结论。

为了摆脱水貂比利，野兔跳跳专注地提防身后，结果忽视了前方，差点儿迎头撞上了老郊狼。

当时，老郊狼正在格林森林里捕猎，因此，你可以想象到，当他看到那个一蹦一跳的白色身影时，他多么开心。看到野兔跳跳跑来，老郊狼立刻平躺在地上，一动不动，以免发出声音被野兔跳跳发现。他想："这个家伙慌慌张张的，好像非常害怕似的，应该是有什么动物在追他吧。否则，他才不会这样急速奔跑呢。是不是狐狸雷迪？我才不管是谁呢，既然他把野兔跳跳送到我的嘴边，那么这只野兔便是我的猎物了。哎呀，好久都没有吃到这样的美食了，今天真是幸运啊。"

因为心思一直放在后面的水貂比利那里,野兔跳跳并没有发现埋伏在前面的老郊狼,然而,就在野兔跳跳即将跑到老郊狼跟前时,好像有个好心的精灵帮了他一下。虽然他并没有发现老郊狼,但还是突然改变了奔跑的方向。

眼见跑到嘴边的野兔跳跳逐渐跑远了,老郊狼气呼呼地跳了起来,快速向他追去。老郊狼一动,野兔跳跳便发现了他。可是养精蓄锐的老郊狼脚下生风,迅速追了上来,而已经奔跑一个小时的野兔跳跳却再也跑不动了,他的腿像灌了铅一样沉重。幸好附近有一个灌木丛,因此,惊慌失措的野兔跳跳大叫一声,一头扎了进去。

进了灌木丛后,野兔跳跳的心依然怦怦直跳,他躲在里面,连死的心都有了。他知道,虽然这个灌木丛可以挡住老郊狼,但对在后面追他的水貂比利来说,根本不算什么。现在，野兔跳跳很矛盾，也很忐忑，他既不敢跑出灌木丛，因为老郊狼就在附近等他，又不敢一直待在灌木丛里，因为水貂比利可以轻松地钻进来抓他。

这时，野兔跳跳几乎要绝望了，吓得瑟瑟发抖。他可从来没有遇到过这样的情况。因为实在不知道该怎么办，过了一会儿，野兔跳跳反而安静了下来，从灌木丛里偷偷地往外看。只见老郊狼就在灌木丛外坐着，好像在思考怎么把他从里面赶出来。

坐了两分钟，老郊狼突然竖起了耳朵，转过头去。野兔跳跳知道，老郊狼肯定听到了什么声音。于是，他稍微朝外移动了一下，以便看得更清楚。一个修长的褐色身影正朝这边跑来，是水貂比利！

看到水貂比利，老郊狼立刻扑了过去，水貂比利马上停了下来，迅速转身，准备逃跑。这时，老郊狼已经近在眼前了，而水貂比利能够藏身的地方只有一个，就是野兔跳跳所待的那个灌木丛。

野兔跳跳心想："水貂比利似乎有危险了，这次老郊狼应该快要抓住他了。"他不知是该喜还是该忧。虽然他想摆脱水貂比利，但同时他不愿意看到水貂比利遭遇不测。

就在老郊狼就要扑过来的关键时刻，眼疾手快的水貂比利立刻爬上了一棵树，爬到了老郊狼够不到的地方。摆脱危险后，水貂比利依然惊魂未定。追逐别人和被别人追逐的感觉可完全不同。最后，平复下来的水貂比利开始坐在树杈上奚落老郊狼。和猫头鹰胡提不同，老郊狼似乎并不在乎水貂比利怎么说他，他直接坐在树底下，做出一副准备打持久战的样子。

野兔跳跳可不打算继续看好戏了。趁着两个敌人忽视了他，他悄悄地从灌木丛的另一边爬了出去，溜走了。他边跑边笑道："有时，敌人也可以变成朋友嘛！"他知道，今天晚上，水貂比利不会再追自己了。

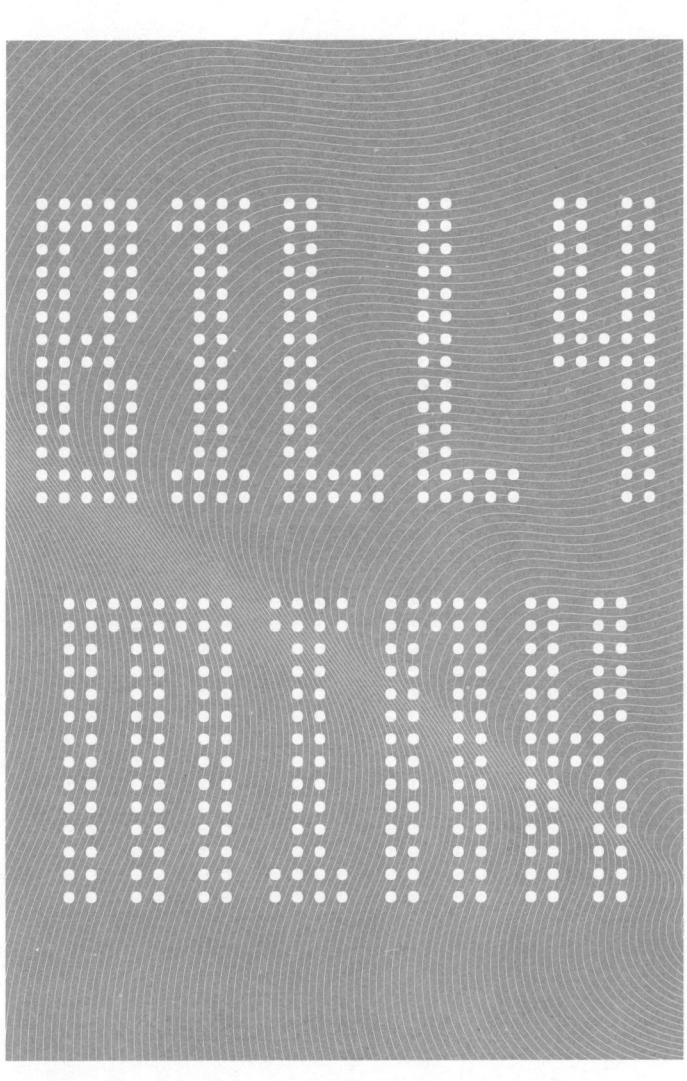

第二十四章
水貂比利笑到最后

谁笑到最后,
谁笑得最好。

虽然水貂比利更愿意待在地面上，但是必要的时候，他也会爬树。就像刚才，因为老郊狼追他，他便爬上了一棵巨大的铁杉树，爬到老郊狼根本够不到的位置。

刚刚平复下来，水貂比利便开始骂老郊狼。他知道，如果老郊狼不出现的话，自己迟早会追上野兔跳跳的。可是老郊狼的突然出现，不仅破坏了他的计划，还差点儿让他陷入险境，更可气的是，他的肚子更饿了。听着肚子发出的"咕噜"声，水貂比利说的话也越来越难听了。

然而，树下的老郊狼却不理会这些，甚至还咧开嘴笑了笑。这时，他说："水貂比利，你说话可真是够刻薄的，但骂人没有用，伤害不了我。现在，你会为你的轻率付出代价，我就在这下面等着，你别想下来了。"老郊狼说到做到，他真的一直坐在树下等着。他这么做是希望水貂比利失去耐心，跳下树来，然后被自己抓住。

不过，水貂比利不仅聪明，而且很有耐心，所以，他便在树上坐着，和老郊狼比起了耐心。过了很久，老郊狼终于先失去了耐心，慢慢地向格林森林跑去。等到老郊狼跑远后，水貂比利也从树上下来了。

一回到地面上，水貂比利就钻进了野兔跳跳待过的灌木丛。不过，因为时间已经过去很久了，所以水貂比利没有发现野兔跳跳的踪影，连他的气味也没有闻到。通常情况下，一旦动物离开，他留下的气味也会随着时间的流逝而消散。最后，水貂比利生气地走出了灌木丛，继续往哈哈溪走去。

其实，水貂比利不知道，在铁杉树上时，他并不孤单，因为松鸡夫妇就在他头顶上浓密的树枝之间。水貂比利爬到树上时，他们正在睡觉。虽然被水貂比利吵醒了，他们也时刻准备着，一旦情况紧急便立刻飞走，但在那之前，他们一直观察着，静静地看着水貂比利和老郊狼比拼耐心。他们喜欢那棵高大的铁杉树，而且铁杉树的树枝很浓密，所以他们觉得，一般的动物根本不会发现他们。看到老郊狼离开、水貂比利下树后，松鸡夫妇才算松了口气，再次进入了梦乡。

而水貂比利终于回到了哈哈溪和微笑池塘，回到了他的家乡，回到了他牵挂的地方。